《山河挚爱：2020宁夏抗疫纪实》

丛书编写组

报告文学卷

撰　稿　　韩银梅　计　虹　曹海英　张　涛　杨　咏　陈莉莉

新闻纪实作品（卷一、卷二）

主　编　　周庆华

副主编　　赵海虹　马文锋　杨学农　张国礼　张九阳　张　强　连小芳

编　委　　刘建华　杨宗惠　马钦麟　张　靖　李　刚　吴少男　张慈丽

诗歌卷

主　编　　杨　梓　谢　瑞

日记书信卷

主　编　　漠　月　闫宏伟

艺术卷

主　编　　庚　君　吴建新　王雪峰　宋　琰　徐娟梅

封面题字　　郑歌平

宁夏回族自治区应对新冠肺炎疫情工作指挥部办公室 主编

山河挚爱

2020宁夏抗疫纪实

日记书信卷

漠 月　闫宏伟 主编

黄河出版传媒集团
阳光出版社

图书在版编目（CIP）数据

山河挚爱：2020宁夏抗疫纪实. 日记书信卷 / 宁夏回族自治区应对新冠肺炎疫情工作指挥部办公室主编；漠月，闫宏伟分册主编. -- 银川：阳光出版社，2020.8

ISBN 978-7-5525-5474-8

Ⅰ. ①山… Ⅱ. ①宁… ②漠… ③闫… Ⅲ. ①日记－作品集－中国－当代②书信集－中国－当代 Ⅳ. ①I217.1

中国版本图书馆CIP数据核字(2020)第169137号

山河挚爱：2020宁夏抗疫纪实 · 日记书信卷

宁夏回族自治区应对新冠肺炎疫情工作指挥部办公室　主编

漠　月　闫宏伟　主编

责任编辑　李媛媛　李少敏

封面设计　星秀文化传媒

责任印制　岳建宁

黄河出版传媒集团 阳光出版社 出版发行

出 版 人　薛文斌

地　　址　宁夏银川市北京东路 139 号出版大厦（750001）

网　　址　http://www.ygchbs.com

网上书店　http://shop129132959.taobao.com

电子信箱　yangguangchubanshe@163.com

邮购电话　0951-5047283

经　　销　全国新华书店

印刷装订　宁夏银报智能印刷科技有限公司

印刷委托书号　（宁）0018261

开　　本　889 mm × 1194 mm　1/16

印　　张　14.25

字　　数　180千字

版　　次　2020年8月第1版

印　　次　2020年11月第1次印刷

书　　号　ISBN 978-7-5525-5474-8

定　　价　48.00元

目录

CONTENTS

第一部分｜日记篇·白衣战士抗疫剪影

第二部分｜
书信篇·两地书

第三部分 |
书信篇 · 感谢信　慰问信

附 录 | 请愿书

第一部分

日记篇・白衣战士抗疫剪影

有你们在真好

2020年2月1日

湖北宜城市人民医院

经过三天的严格培训，今天我正式进入病房上班。天还没有亮的时候我就醒了，看着窗外蒙蒙夜色中的宜城，心里有些忐忑不安。

简单地吃过早饭，7点半便和卢燕主任、杨春燕护士长及队友们到达宜城市人民医院感染科。看着醒目的“隔离区”三个大字，说不紧张、不害怕，都是骗人的。

进入病区后，我们开始更换工作服，卢燕主任一直在监督我们穿防护服的每个步骤，生怕我们哪一个细节没有做到位，导致自身被感染。直到我们全部穿戴完毕，卢燕主任紧张的脸上才有了放松的笑容。

进入病房，看见穿梭在病房里的感染科护士们忙碌的身影和被汗水打湿的防护面屏，我的心被深深地刺痛了，之前紧张、害怕的情绪一扫而空。我好想大声告诉她们：“亲爱的姐妹们，我们来了，在这场抗击新冠肺炎疫情的战斗里，你们并不孤单，有我们陪你们一起走。”

隔离病区分为两个区，一楼是确诊病人，二楼是疑似病人。我和夜班护士认真做好床头交接班，仔细听取每位患者的情况，为接下来的工作做准备。

看着患者忧愁的表情，我暗暗告诉自己，一定要尽自己最大的努力，帮助他们战胜病痛的折磨。急病人之所急，忧病人之所忧，不正是每位白衣战士的使命吗？

扎针、换药、做雾化，耐心地为每个患者讲解疾病的相关知识；发药、打饭、倒开水、讲解药物的服用方法及注意事项，用我们一点一滴的行动告诉他们，湖北人民牵挂着他们，祖国人民牵挂着他们。

闲下来的时候，我和一位阿姨聊天，她问：“丫头你不是本地人吧？”我回答：“对啊，阿姨，我是从宁夏来的。”她说：“辛苦啦丫头，这么远来照顾我们。谢谢啦，谢谢啦，有你们在真好！”

看着这位阿姨泛着泪花的眼睛，我暗暗发誓：一定要努力，要加油，帮助他们早日康复。

初春的湖北依然有些寒冷，但我的心是温暖的。

一样的背影，一样的笑容，一样的使命，一样的决心，让我们一起努力，一起战胜疫情。

银川市第一人民医院　付晶琎

明天会更好

2020年2月1日

襄阳市第一人民医院

2020年1月31日下午6点，吃完泡面，我开始做值夜班的准备工作。

今天尤汇和我一起值夜班，他是和我同年同月同日出生的好兄弟。

晚上9点半，我和尤汇早早出门赶往医院，想早点接替在隔离病房忙碌了一天的同事。

晚上10点，我和尤汇穿好防护服，互相击掌，紧接着进入隔离病房开始巡房检查。

第一间病房是一位70多岁的阿姨。我悄悄地打开房门，阿姨笑着说："小伙子，你来了。"

"阿姨，今天好点了吗？"我边说边查看和记录生命体征测量仪上的数据。

体温正常、生命体征正常，没有身体不适，也没有其他症状……我松了一口气。

“阿姨，早点休息，晚安。”我悄悄地关上门，走向下一间病房。

2月1日凌晨1点，来了一位70多岁的患者。老人静静地躺在病床上望着窗外，看着他佝偻的背影，我走过去拍了拍他的肩膀，说：“大爷，测体温。”

大爷缓缓转过头，呆呆地看着我。大爷年龄大了，深夜发热。家人拨打120急救电话后，他在专业医护人员的陪同下到了发热门诊，后又转到隔离病房。几经折腾，老人已经倦容满面，眼神里充满不安，却一言不发。

凌晨2点，11间病房里，每位病人的床头灯都亮着。因为没有家人的陪同，无法确切知道自己病情的变化，患者总是忧心忡忡的。

检查完最后一间病房，我悄悄关上门。防护服裹着凉凉的汗水黏在胳膊上，我感到全身发冷，但我还是为自己打气：“病人需要我们，坚持！”

“交班了！”隔离病房外的护士对我们喊道。

一看表，已经是早上8点。10个小时在忙碌中过去了，来不及喝水，来不及上厕所，来不及休息片刻。

我和尤汇迎着朝阳，走出医院。今天是二月的第一天，一切都是新的开始，也孕育着新的希望。襄阳会好起来，武汉会好起来，湖北会好起来！明天会更好！

宁夏医科大学总医院急诊科主管护师　张　伟

我许下一个生日愿望

2020年2月2日

航空工业襄阳（364）医院

2020年2月2日，是我来湖北的第七天，也是我的生日。早晨6点，科里陈立阳老师第一个发来了祝福的信息，让我很感动！早餐碰巧吃的是牛肉面，同事说这种牛肉面在襄阳很有名。在非常时期，这个生日算是过得很圆满了，因为在我老家，生日当天吃的面叫长寿面！

今天我是 A 班，早上8点到下午4点。早上7点半到医院，我开始穿防护服，为进入病区做准备。我和同组的李纪伟相互监督，我们相信，只有做好自己的安全防护措施，才能更好地为患者做治疗。

我俩负责19位患者的护理工作，给他们发放早餐，监测体温、血压、脉搏、血氧饱和度，静脉输液等。由于患者是单间隔离，病区很大，穿着厚重的防护服巡视、治疗，一圈下来已经汗流浃背。

一病区十室的大爷病情较重，不停地咳嗽咳痰，在吸氧的情况下，呼吸还是比较费劲，所以他的情绪有些激动；二病区九床的病人一天没有进食，二病区五室要开水和口罩……患者的病情和需要我都一一详细记录，然后转交给医生及时处理。

下班前又来了7位患者，处理交接完已经是下午6点。说实话，真心累，加之中午没顾上吃饭，胃又在跟我抗议！回到宾馆，打开手机，有很多祝福短信。妈妈说："不能给你过生日，还是祝你生日快乐，照顾好自己！"伙伴们也纷纷送上生日祝福。谢谢我的战友们！

虽然没有生日蛋糕，但是我还是默默地许了一个愿望：愿早日战胜疫情。坚持就是胜利，襄阳加油！中国加油！

固原市人民医院重症医学科护士　李　婷

我都听你们的

2020年2月3日

襄阳市中西医结合医院

今天，是我来到襄阳的第六天，感触颇多。这些天以来，当地政府对我们的关心，当地医护同人对我们的嘘寒问暖，患者对我们的信任，家人对我们的牵挂……大家的爱让我们在寒冷的襄阳感到暖意融融，更加坚定了我们打赢疫情防控阻击战的信心。

昨天是我来襄阳以后最忙碌的一天，仅一个下午就收治多名确诊患者。其中一位大叔总是间歇性发热，最高体温39摄氏度左右，病情比较严重，情绪波动也大。

“都拿走，我不想治疗！”大叔不耐烦地拔掉了心电监护仪。

“大叔，您现在生病了，心情不好，我们都明白。您说说有什么问题，我们一起解决。”我不停地抚摸他的后背，旁边的患者也在安慰他。

“那你们告诉我，为什么就我一个人发烧，为什么病房里就我一个人打点滴，为什么就我一个人要做心电监护，为什么就我一个人高烧不退？”大叔涨红了脸说完，就翻身背对着我们。

这时，我发现大叔的裤子湿了好大一片。我走到他跟前，小声地说：“大叔，您说的问题我们慢慢回答。我们先换个裤子。”大叔难为情地点了点头。

我叫来一起值班的医生，赶紧给大叔更换好裤子和床单，然后接着为他做治疗。

“姑娘们，太感谢了，你们就像我的亲人。你们说怎么做，我就怎么做。我都听你们的。”此时大叔早已泪眼婆娑，声音哽咽。

“大叔，我们都是中国人，本来就是一家人。”我激动地说，“谢谢您相信我们，我们更要相信国家！我们一起加油，打赢这场战‘疫’，一起回家！”

“好，我们一起回家！”病房里每个人眼里都闪着满是希望的泪光。

宁夏医科大学总医院内分泌科主管护师　谢丽红

你的笑容是我最大的守候

2020年2月3日

襄阳市襄州区人民医院

早上7点，多云。太阳躲在云彩背后，偶尔探个头。

“班车来了！”同事张鹏拍了我一下。

我回过神，上车后找了个靠窗的座位坐下，望着窗外冷清的街道，眼前浮现出16床80多岁老奶奶那张永远充满笑意的脸。

7点半时，在医院一楼走廊里碰见刚从隔离病房出来值夜班的医生。看着他布满血丝而疲惫的双眼，我心疼地对他说：“辛苦了，哥儿们！”

“能多治好几个病人，再辛苦也值得！”值夜班医生笑着说。

我们边走边说，走到医生办公室后开始交班。

“昨晚新收的46床患者去过武汉，有发热、干咳症状，肺部 CT 提示有片状渗出……8床患者情绪波动比较大，需对他进行适当的心理疏导……”值夜班医生声音嘶哑地说。

穿好防护服、戴好防护面屏和手套……一切准备就绪，我们三个信心百倍地开始查房。

“医生，7床病人呼吸急促，快！”听着对讲机里护士着急的声音，我转头对张鹏说：“这里先交给你。”说完，我一路小跑赶了过去。

患者病情危急，体温38.7摄氏度，一分钟呼吸频率高达41次，血氧饱和度降到80%。

我急切地问：“老奶奶，哪里不舒服？”

“胸闷，气……气上不来。”老奶奶艰难地说。

“患者出现了急性呼吸衰竭症状，马上戴呼吸机……”我对护士说。

我快速连上呼吸机，调整模式和参数。护士很快准备好药品，并进行静脉滴注。

“老奶奶，放轻松，过一会儿就会好些的。我们一起加油！”我俯下身在老奶奶耳边说。

一个小时过去了，老奶奶病情好转，胸闷、气短的症状得到了缓解，血氧饱和度也上升了，笑容又重新回到了老奶奶脸上。

“小伙子，你把我从阎王爷的手里拉回来了，谢谢，谢谢！”

“老奶奶，我们为了你的笑容而战！”

阳光透过窗户洒进病房，也照在老奶奶的脸上，更照进每个病人的心里。为了守护每个患者的笑容，我们愿意为他们保驾护航！

宁夏医科大学总医院重症医学科副主任医师　周文杰

我们一起逛襄阳

2020年2月5日

襄阳市中医医院

今天是我来襄阳的第八天。

早上，穿过熟悉的消防通道，5分钟就走到医院了。

穿好防护服，进入隔离病区，按照医嘱给患者测量生命体征、输液、采集标本，进行心理疏导……

“阿姨，今天早上吃早饭了没？身体感觉怎么样？”我询问道。

“挺好的，姑娘。每次看见你，就想起我家姑娘了。你和我姑娘一般大，眼睛、鼻子呀，就像一个模子刻出来的。”阿姨慈祥地看着我。

“阿姨，那我做您的女儿。”我开心地说。

“求之不得，以后我就多了一个女儿了。”阿姨笑得眼睛眯成了一条缝。

“这会儿我把你拍下来。以后要是想念我这个远在宁夏的女儿，就翻出来看看。”阿姨说完就举起手机录像。

我仔细地找着阿姨手背上的血管，感觉手套有些下滑，扯了扯，不好意思地说：“我戴了三层手套，不好操作……”

阿姨连忙打断我的话说：“你们确实要防护好，这个病传染性强。你们那么辛苦，又从那么远的地方来，家里人肯定很担心。”

我用棉签轻轻地在阿姨手背上消毒。

“是不是觉得很憋闷啊？”阿姨担心地问。

“戴了两副眼镜、两个口罩。”我大口喘着气说。

“动一下就气喘吁吁。”阿姨笑着说。

“对，整个人就有点缺氧。”我拿起输液器针头，准备扎针，接着说，“会稍微有点疼。”

“不疼，没关系。”阿姨安慰我说。

“好了！手慢慢松开。”我成功地一次将针头扎入了血管。

“都不敢跟你说话，感觉你说话很累，都听见你呼呼的喘气声了。”阿姨和我对视一笑。

“滴速调好了，您有事就按铃。”我嘱咐道。

阿姨竖起大拇指对我说：“谢谢，注意自己，我们一起加油！”

“等我病好了，我带你去看襄阳的古城墙、古隆中、唐城……”阿姨指着窗外，绘声绘色地说。

虽然现在汗水早已湿透了我的衣服，护目镜中的雾气凝结成水流遮住了我的视线，但是阿姨的话让我感到无比温暖。其实阿姨病得很重，但从我第一次给她做治疗起，从来没见她抱怨或者是叹气，她总是笑着和我们打招呼，笑着开导病友，笑着面对疾病。她积极乐观的生活态度感染了我。

八天来，医院、住地，两点一线的生活，简单又紧张。我们医护人员都憋着一口气，24小时轮流值班，为的就是能多争取一点时间，多看一个病人，同时间赛跑，与病魔较量，打赢这场疫情阻击战。

宁夏医科大学总医院神经病学中心内科护士　王爱芳

疫情不退，我们不走

2020年2月9日

武汉客厅方舱医院

下午1点30分，在武汉客厅广场上，医用帐篷和医疗车辆鳞次栉比。

“2点进‘舱’。”方舱医院指挥中心通知大家。

“快，快，早开‘舱’，多救人！”我赶紧扒了几口午饭，穿好防护服，戴好口罩，握紧拳头对自己说：“加油干！”

“闫荣，你将是第一个登上‘月球’的人。”

我满脸疑惑，往前一看，前面无人，这才恍然大悟。

“战友们，第一个登上‘月球’的人现在进‘舱’了。”我挥挥手，抬起右脚迈进方舱医院。

病区、抢救区、药房、食品区、图书角，医用设备、电视、饮水机、微波炉……一切准备就绪。两个医生、十二个护士各司其职，等待第一批患者的到来。

“大姐，这是您的病床号。”

“阿姨，这是您的药，记得按时服用。”

“如果饿了，大家可以到食品区，那里有酸奶和方便面。”

“出门右拐直走就能看见图书角。”

“牙膏、卫生纸，您的需求我们会与指挥中心联系，尽快解决。”

……

方舱医院一派忙碌却井然有序的景象，使每个患者都感到了阵阵温暖。

第一次进“舱”，我忙得脚不沾地，一会儿从患者入口将病人带到“舱”内办理住院手续，一会儿在病房测量患者生命体征，一会儿为病人取药，一会儿在饮水机旁帮病人打水……

“小伙子，听你的口音不是本地人。你是从哪儿来的？”病房里一位50多岁的阿姨热情地问。

“宁夏。”我指了指防护服上的字说。

阿姨激动地涌出泪水：“早上听新闻里说你们要来武汉，没想到这么快，下午就看到你们了！”

“这种病毒在武汉这么凶，你们会不会走呀？”邻床的阿姨忧心忡忡地问。病房里，50多双眼睛齐刷刷地望着我们。

“疫情不退，我们不走！”我们坚定而有力的声音穿透厚厚的面罩，点燃患者心中的希望。病房里爆发出热烈的掌声。

宁夏医科大学总医院急诊科主管护师　闫　荣

我们一定能打赢这场没有硝烟的战争

2020年2月9日

武汉客厅方舱医院

上午，我和同事坐专用公交车前往武汉客厅方舱医院。昔日繁华热闹的武汉，如今冷冷清清，店铺关门，行人稀少，不由令人唏嘘，一种使命感和责任感油然而生。我暗下决心：拼尽全力，守护武汉。

经过我们与当地工作人员紧张有序的准备工作，下午2点，方舱医院 B 厅开始正式接诊新冠肺炎确诊患者。

方舱医院外面搭建了一个十几平方米的板房，里面有两张桌子、两支测温枪、两部血氧仪、一沓处方单、四支笔……这就是我们今天的“阵地”——分诊区。

“武汉，加油！中国，加油！”我们四个医护人员的话音未落，进来一位20多岁的小姑娘，苍白的脸上挤出笑容：“加油！我们一起加油！因为你们，武汉会很快好起来！”

前来就诊的患者越来越多，有的着急，有的沮丧，有的竖起大拇指为我们点赞……

下午5点的武汉，夜幕已经降临，天越来越阴冷。我们决定将“阵地”搬到方舱医院内。

“怎么回事哟，不看了吗？”看着我们搬桌子，有些患者急了。

“只要有病人，我们就一直看下去。”我连忙安抚病人，并告诉他们我们只是将分诊台搬到院内，并不是不看了。

“看，他们是从宁夏、山东来的医生！”一位20多岁的姑娘指着我们防护服上的字说。

“医生，你们那么远来帮我们看病，我们不着急，我们都听你们的。”

我心里顿时五味杂陈：“你们辛苦了，你们病了这么长时间我们才来。”队伍中爆发出热烈的掌声，有些人已经泣不成声……

十几分钟后，我们在新的“阵地”开始接诊。

一位50多岁的大叔走进来，他嘴唇发干、呼吸急促、走路费劲，整个人站立不稳。

护士赶紧扶他坐下。

大叔焦虑地说：“医生，我各方面都很好，就是有点发烧。”

经过检测，患者体温38.7摄氏度，血氧饱和度低于80%。病人严重缺氧，病情危重，属于重症患者。

我立刻通知护士长，联系收治重症患者的医院收治病人。

刚看完几个病人，我一抬头，看见不远处一位护士艰难地背着比自己高出半个头的患者朝着抢救区跑去。看来情况紧急，患者生命危在旦夕！

我跟护士做了个“嘘”的手势，转头悄悄跟同班的医生交代：“你们疏散、安顿好这里的病人，我去抢救前面那个病人。”

说完，我快速走向抢救区。

不好！病人出现叹气样呼吸。我和护士把病人安置在病床上。这时，又进来三位护士。

“清理口腔分泌物！”

“连接心电监护仪！”

“医生，室性逸搏心律每分钟仅20次！”

“开放气道、人工辅助呼吸！”

“建立静脉通道、给药！”我快速下达抢救医嘱。

我立即为患者做心肺复苏，双手叠在他的胸前，有规律地持续按压。

旁边两个护士配合使用呼吸气囊，一个护士固定面罩，另一个护士双手有规律地持续挤压呼吸气囊。我们叫不出对方的名字，看不清对方的长相，却配合默契。因为我们心中有一个共同的愿望：救活他！

5分钟过去了，患者依旧没有恢复意识，瞳孔散大，心电图出现大小不等的杂乱波。

“快，患者室颤，立即除颤！”

“医生，没有导电糊。”

“用盐水把患者内衣打湿代替导电糊。”

我随即实施200焦耳电除颤一次，除颤后继续胸外按压。

“医生，转为室性逸搏心律！”护士充满希望地说。

我们都松了一口气。

“再次给药。”

“联系指挥中心，准备救护车随时待命转运患者。”

10分钟过去了，患者仍然是逸搏心律。

不能放弃，绝对不能放弃！

我们5个人咬紧牙，汗流浃背地继续进行抢救。

糟糕，患者又一次出现室颤。我接过护士手中的除颤器，再次进行200焦耳电除颤一次。

“医生，心律转为窦性心律！”

患者瞳孔逐渐回缩，慢慢恢复自主呼吸，可触及桡动脉搏动……

再次听到患者的心跳声，比任何旋律都悦耳，比任何赞美都动听。

“成功了！”我在心中呐喊。

又过了10分钟，心率每分钟120多次，血氧饱和度超过80%，患者的病情好转，生命体征也比较平稳，可以安全转运。

我们悬着的心终于放下了，长舒一口气，相视一笑。

19年的临床一线工作经历练就了我强大的内心，可是今天的抢救场面，使我仍然有些紧张。

我怀着兴奋的心情，迈着轻快的步伐走到同班的医生旁边，悄悄比了一个胜利的手势，大家会心一笑。

宁夏医科大学总医院心脏中心内科副主任医师　杨生平

为抗疫情断青丝

2020年2月11日

武汉方舱医院

2月9日，为了工作时降低感染的概率，不让头发暴露在空气中，大家提出将头发剪短。武汉的理发师专门来给我们剪头发，虽然他戴着口罩，却能看出他眼中的关心。他说：“这是我第三次为白衣天使剪头发，感谢你们为武汉做出的牺牲！”我和他说：“再短点也行，反正头发还会再长出来的。待我长发齐腰，再来武汉吃热干面。”理发师还细心地给我在头发侧面“画”出一道“闪电”，和我哥哥的发型一样。

有的姐姐留了好多年长发，有的甚至从来没有剪过短发。“没事，剪了还能长！”她们毅然决然地坐到了理发的凳子上。当一缕缕青丝被剪下，大家脸上是坦荡的，还有自豪。

她们从一个个小姐姐变成了“小哥哥”，大家还在一起开玩笑：

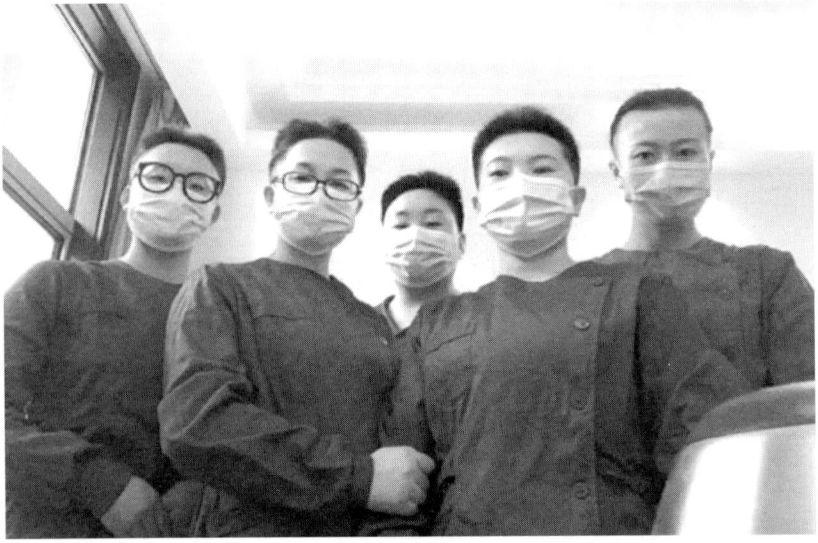

“回家都没人认识了吧……”“怕家里孩子都不认识自己啦！”“体验了一把当男孩的感觉，还蛮帅的！”“剪完头发，脖子凉飕飕的！”

老妈和我视频的时候，她笑嘻嘻地安慰我说：“还是蛮帅的嘛！再长出来的头发，发质会更好！”

只要坚定信心一往无前，平凡的人都会变得强大，没有什么病毒是不可战胜的！

我们虽然很累，但还是要加油呀！

夜深了，做个好梦，明天继续战斗！

隆德县人民医院　王亚妮

我要守护我魂牵梦萦的第二故乡

2月12日，宁夏回族自治区人民医院肝胆外科护士、第二批援助湖北医疗队队员丁妮走下飞机，激动地深吸了一口气："襄阳，我回来了！"

14年前，这个宁夏女孩来襄阳学习护理。如今，她义无反顾地回到襄阳，回报这座魂牵梦萦的城市。

得知丁妮作为医疗队队员支援襄阳后，昔日的同学纷纷为她加油："襄阳人民再次欢迎你。""加油！为你，为我，为襄阳！"

"等抗疫胜利后，我一定要回母校看一看，然后再尝尝襄阳牛肉面。"丁妮说，"这是我的青春记忆。"

2020年1月27日（大年初三）

"肝胆天使"微信群里突然收到护士长发来的紧急通知：医院将选派护理人员驰援湖北。看到此消息，我毫不犹豫地报了名。遗憾的是，因为文件中对驰援湖北护理专业人员的要求较高，我没有被选入首批援襄医疗队。当晚，医院给出征的同事举行了出征仪式，我们心里十分不舍，但唯盼他们一个都不差，平安凯旋！

2020年1月28日（大年初四）

我时刻关注着首批援助湖北医疗队的动态，我并不知他们要去的是湖北哪座城市，只觉得抗击疫情是每位医护人员应承担的责任和义务，守护人民健康是我们的使命。当得知战友们抵达了我的第二故乡襄阳，心中感慨万千。如果其中有我该多好，襄阳是我护理生涯的开始，此时襄阳也需要我。

除夕、元宵，这个本当阖家团圆、温馨和谐的节日；正月、二月，这个本当春和景明、春花烂漫的时节，却没有了团圆的温馨。面对新冠肺炎疫情，我身边的兄弟姐妹不顾个人安危、义无反顾，勇敢坚定地踏上了离家的路，选择“逆行”。他们是医生，是勇者，他们更是战士。

2020年1月29日（大年初五）

医院正在组建第二批援襄医疗队，一大早，一个同事就接到确认电话，可是没有我。于是我再次拿起手机联系了护理部罗主任。十分钟已过，没有收到主任的回复，我心里开始忐忑不安，继续拿起手机发送信息：“主任，我也可以去，没有任何困难。”随后主任发来了语音：“丁妮，你确定要去？跟家人商量好了吗？你是回族，生活上很不方便的。”主任再三跟我确认，我的答复都是没问题，没有任何困难！下午3点收到信息，我有幸被选入第二批援襄医疗队。

襄阳，我与你同在！

2020年2月11日

下午3点，接到医院第二批援襄医疗队明日启程的通知，我很兴奋，也很激动……因为我知道，需要我们的时候到了。给家人、朋友、同事们的消息发出后，我的手机就不停震动，有支持、有关心、有不解、有叮嘱。朋友问我："怕吗？"我的回答是："不怕！"由于一个一个回复不过来，到最后就统一回复大家："请放心，我会平安归来！"

其实，作为一名护士，我清楚地知道，或许此刻与亲人的相拥，就是与他们的最后告别，但我毅然选择了"逆行"。我想，这就是我的使命和责任，这就是我应该选择的正确方向！

2020年2月12日

"疫情就是命令，支援就是责任，这个时候我要向党组织靠拢，从这个伟大组织中汲取动力和能量。"临行前的深夜，我在书桌上的稿纸上认真地写下了入党申请书："我志愿加入中国共产党……以我所学，尽我全力。"我深深地被许多投入战斗的共产党员所感动，他们不计报酬、不论生死、勇担使命、冲锋在前，我迫切想要成为像他们那样的人，成为党组织中光荣的一员。疾风知劲草，烈火炼真金。责无旁贷、冲锋在前的英雄们，我要向你们致敬！有你们义无反顾的"逆行"，阴霾终将扫去，春光必定灿烂。

迎春花要开了，玉兰花要开了，樱花也要开了，许许多多的花都要绽放了！这世界虽有疫情，但也有花香，我们的明天一定有浪漫，也一定会春光灿烂。

宁夏回族自治区人民医院肝胆外科护师　丁　妮

第一个夜班

2020年2月14日

襄阳职业技术学院附属医院

今天是我来到襄阳的第三天，上午的任务是集中大家采集血样及拍摄DR。

下午1点，杨主任与院方一病区医护人员完成了工作交接。这个病区收治的全是重症患者，单人单间，当天接手病区工作后，杨主任立即安排朱佳荣医生和我值第一个夜班。

本来下午6点接班，我和朱姐商量后决定早到1小时，让白班的医生多休息一会儿。朱姐是个细心的人，带着我把我们组每个病人的所有检查结果仔细地查对了一遍。

晚上8点左右，麻醉科黄主任带我们进病区查房。我脑子里不停地回顾穿脱防护服的每一个细节，努力做到正确无误，对自己负责。黄老师仔细地给朱姐和我的护目镜内壁上涂了一层碘伏，这样可以有效防止起水雾。我们按照流程穿好防护服，再次仔细确认有无暴露的地方。当拿起笔，在队友防护服写上姓名和加油的时候，责任感、使命感油然而生。

通过层层隔离门，我们进入了病区。对42名患者查房的时候除了进行临床询问，还要及时地进行心理安慰和疏导。每进一间病房，黄老师都会给病人介绍我和朱老师是宁夏来的医生，每位患者都向我们表达谢意。第一次见到病人，因为要全面了解他们的病情变化、有无药物不良反应等，1个多小时才查了5个病人。此时，护士站电话铃声响起，通知有1位新确诊患者。详细地录完新确诊患者的病史和基本情况后，一抬头已经夜里10点半了，要抓紧时间查房，不然影响轻症患者休息，黄老师催促道。

晚上11点多电话铃声再次响起，通知马上收住5名患者。我们完成了所有新入院患者的信息采集，把4层楼共48名患者查看结束后，已到了凌晨1点多，此时护目镜整个内壁已布满水雾，庆幸的是，还能看到回去的路。

之前看到有新闻说大部分医护人员穿着成人纸尿裤，我自己也带了一些来。

我的第一个夜班，感觉还可以，毕竟外科医生有时候做大型手术时，不吃不喝、不上厕所十几个小时也很正常。

回到住地，写完新入住病人的病历后已到了凌晨3点半，终于可以休息一会儿了，晚安襄阳！

宁夏医科大学总医院口腔颌面外科医生　曹　昆

我已熟悉这条通往“家”的路

2020年2月14日

襄阳市中西医结合医院

凌晨3点多的襄阳，路上空荡荡的，没有一个人，没有一辆车，只有十字路口的红绿灯，循规蹈矩地变换着颜色，此时我刚刚下班。

记得来这里的第一个夜班结束时是凌晨1点半，从电梯出来后，看着不太明亮的路灯，我一路狂奔，绕过不熟悉的医院院子，一口气跑到十字路口。我紧紧地握着手机，怕天黑，怕夜深，怕角落里可能出来的小猫小狗，怕风吹树叶的声音，怕这个陌生的城市。我能做的，就是使劲地跑，跑回住地。

十几天过去了，白天黑夜反反复复地走在这条路上。今天再下夜班，又是深夜。但我没有跑，一是因为很累，跑不动了；一是我已经习惯了，不再怕黑。左拐、右拐、左拐、再左拐……即使黑乎乎的，我也能清楚地记得哪里铺了木板，哪个下水井盖凸起，因为我已很熟悉这条路，这条通往我临时小“家”的路。

日复一日，查病人、开医嘱、看检查单、写病历……这就是我的工作。重复但不敷衍、日常却不平淡。待战胜疫情、春暖花开时，我将和同事一同平安地踏上回家的路。

宁夏固原市人民医院医生　薛　蓉

大家安全才是安全

2020年2月19日

宁夏第四人民医院

天刚亮，闹钟把熟睡的我吵醒，今天是我进入隔离病房的第12天。匆忙起来洗脸刷牙后，到四楼领来稀饭喝了几口。我真想多喝点，但是又不敢喝，进入隔离病房要待6个小时，喝多了坚持不下去。

到医院后，我首先要给每一位战友进行体温监测，再帮助他们穿防护服，戴口罩、帽子、护目镜和防护面屏，并在防护服上写上他们的名字。大概需要半个小时，值班医护人员的装备才能全部穿好。等把他们都安全送进隔离病房后，我自己开始穿防护装备。

随后，我来到护士站，对昨天下班后没有监控到穿脱防护服的人员进行24小时视频监控与督导，发现问题及时与本人或同宿舍的人员交流，为的是及时反馈，及时纠正错误，以免手消时间不够，增加被感染的风险，确保每一个医护人员安全。上午11点多，我进入病房，查看今天病房的清洁、消毒隔离措施是否做到位，医疗废物处置了没有，病房的医疗垃圾收了没有，医疗废物收集的车按时倒了没有。

临近下午2点，早班的医护人员要下班了，我开始对他们脱防护服进行全程监督，以确保安全。我经常告诉大家，院感科工作虽然琐碎，但细节决定成败。做好自身防护是医院感染控制的重中之重，一个人安全不是安全，大家安全才是安全。

宁夏第四人民医院院感科护师　常改芝

下班路上的温馨

2020年2月19日

枣阳市第一人民医院

今天是我们来到襄阳的第24天。

襄阳的早春与北方不同，虽然前两天是大风雨雪天气，但雨雪过后很快便是晴空万里，下班时走出病区的大楼，院子里绿意盎然。香樟树上叽叽喳喳的鸟儿告诉我们春天来了，回去的路上，沐浴在暖和的阳光下，我们放慢了脚步，感受春的气息！

“哎，轩杰，我太喜欢麦穗花了，就是花店不开门。咱们回的时候，花店最好能营业，我买上带回去。”隔着花店玻璃，我稍带遗憾地喃喃道。“你要是喜欢，我送你。”玻璃门开了，花店老板微笑着走了出来：“疫情期间防控不营业，我是来拿东西的，要不还碰不上呢！你们是宁夏来的医疗队队员吧？从电视上知道你们从千里之外来援助我们，我们襄阳人民都很感谢你们，这些花送给你们，以表达襄阳人民对你们的敬佩和感谢！”花店老板说着，拿出一捧花送到我们跟前。

从住地酒店到枣阳市第一人民医院，两点一线，我们已经走了21天了，这条路上我们经常遇到热情的枣阳市民。每次走到小北街路口，社区疫情防控志愿者都会跟穿着迷彩服的我们热情地打招呼："你们辛苦了，迷彩服就是你们宁夏援助医疗队队员的通行证！"

是的，一方有难，八方支援，因为疫情我们第一次来到枣阳市这座美丽的城市，口罩隔离了病毒，但隔离不了我们之间的情谊。待战胜疫情，春暖花开时，我们再话"宁襄情"！

宁夏第五人民医院　张明君

疾病从来没有战胜过爱和希望

2020年2月20日

枣阳市第一人民医院

今天是2020年2月20日，是我来湖北省枣阳市第一人民医院的第24天，新冠肺炎疫情防控工作有了一定的进展，但是我们医务工作者没有掉以轻心，仍然夜以继日地工作着。24天前的所有事情仍历历在目，仿佛就在昨天。

在这场没有硝烟的战争中，我看到了84岁的钟南山院士勇赴前线，看到了医务工作者的尽责尽心，也看到了菜农的大爱与善良……他们每一次“逆行”的脚步都在我心里留下深深的印记。当宁夏第五人民医院第一次发出支援湖北的号召时，我想起了自己的毕业宣言：能做事的做事，能发声的发声；有一分热，发一分光，就像萤火虫一般照亮黑夜，不必等待烛火。在家人的支持下，我踊跃报名参加了援湖北医疗队。

初来枣阳市第一人民医院，患者们的眼睛给我留下了很深的印象——他们的眼神里满是焦急、求助、悲哀……我知道越是在这种情况下，医务工作者越要镇静，越要用温和的声音安抚他们的情绪。但是，我是北方人，不大能听懂湖北方言，在沟通交流方面有一定的困难，病人不是很能接受我，这让我很苦恼。为了能够尽快融入新环境，我抽空向本地护士学习了一些难懂的方言。慢慢地，我能听懂患者的诉求了，病人眼神里的恐惧与不安也转为信任与放心。

今天我们病房迎来了一位不惑之年的患白血病的大叔，从他的眼中我感受到了绝望、焦躁。白血病本就对身体有着很大的摧残，需要极大的营养供给，又感染新冠肺炎，对这位大叔无疑是雪上加霜。他浑身散发出让人无法忽视的沉闷，一副生人勿近的样子，我只能更小心地帮助他。当我给他做动脉血气分析的时候，刚好有一位病人在痛哭，也许是触景生情，他的情绪犹如洪水一样，瞬间暴发。他抱着头，蜷着身子，犹如小孩一般放声大哭。我知道人一旦上了年纪就会希望儿孙绕膝，我安慰他说："大叔没事，我们会一直帮您。您看现在新增病例日益减少，还有好几个高龄病人都已经治愈了，您怎么能对自己没有信心呢？您痊愈后还得好好帮孩子们看孙子呢。"他抬起头努力地扯出一个笑容，说："谢谢，大道理我都知道，只不过我还有基础病。不过，还是谢谢你的开导。"我和他又聊了好多家常，看到他眼眸逐渐变得清亮，有了对生的渴望，有了对我们的信任，我顿时觉得所做的一切没有白费。每当我到病房的时候，他总会笑着跟我打招呼。

我们要让病人相信，虽然我们穿着厚重的防护服，但我们的心是柔软的，我们的心与他们的心在一起。由此我更加确信我们要做的，不仅是要治愈病人的疾病，更要点燃他们的希望之火。因为我相信爱和希望比病毒传播得更快，信念和勇气总能拨开笼罩的云雾。

枣阳市的气温已经回升了，虽然天气还有些阴，但是天空很明亮，医院里也有了一点绿色，我知道我的家乡现在还无一丝绿意，但只要春天到来，我们就不会悲伤，纵使风雪如刀剑，终有消融的那一天。我坚信，待到山花烂漫时，山河无恙，人间皆安！

愿每一个人平安走过春寒料峭的日子，静候花开展笑颜！

宁夏第五人民医院泌尿手足疼痛科　李建春

老乡寄来了50个爱心口罩

2020年2月20日

航空工业襄阳（364）医院

收到快递小哥送来的包裹，我猜测可能是一位老乡不顾我的推脱寄来的N95口罩。包裹上没有寄件人的地址及姓名，我通过微信扫描后得知快件是从重庆寄来的，便迫不及待地打开外包装，小心翼翼地剥开层层包裹着的塑料薄膜，果不其然是一摞呈瓦片样整齐排列的N95口罩。看着这些曾被我婉言谢绝，又几经周折，最终还是寄到我这里来的口罩，我替医疗队所有的队员签收了这个包裹。

早在2月5日的时候，我就收到一个属地湖北武汉的手机号发来的短信，内容是："我是固原人，在武汉工作，我通过朋友知道你们在航空工业襄阳（364）医院，我通过各种渠道找到了50个N95口罩，可以直接邮寄到医院，您能签收吗？希望尽一点力，也希望你们早日平平安安回到固原！"当时收到这条短信我很意外，感到全社会对医护人员都十分关心，我顿觉压力大责任重，担心自己做得不够好，有负于人民，所以我回复道 :“我很感激，不知道用什么言语表达我此刻的心情。在防护用品极为紧缺的情况下，您却要邮寄 N95 口罩给我们，我代表全体医疗队队员对您表示由衷的感谢。但是我不能收这些最贵重的礼物，也许您比我更需要！您的安全就是对我们最大的支持。”十几天过去了，由于工作繁忙，我早已将此事忘记，没想到今天收到了包裹。

我想，灾难来临时，每一个善举都诠释了中国人“一方有难，八方支援”的精神。每一个捐助的物品都凝聚着爱心、牵挂与祝福。萤火虫的光虽然微弱，但千万只萤火虫的光就可以照亮世界。

“我不知道你是谁，但是我知道你为了谁。你邮来的50个爱心口罩我收下了，感谢你遥远又贴心的爱！”我思索再三，在给老乡的短信中写出了这一串文字。

固原市人民医院重症医学科　屈文慧

擦干眼泪，继续前行

2020年2月21日

武汉体校方舱医院

抵达武汉已经7天了，在这一周的时间内，紧张与忙碌占领着每个人的精神高地，时间仿佛停滞，变得不分昼夜。身边的同事在这个特殊时期、特殊地点变成了最团结的战友、最温暖的亲人。

队里有个戴眼镜、说话温柔的小姑娘，她叫田璐。到武汉以后她就主动承担起了医疗队的宣传工作，除了每天忙完自己的本职工作外，她还要主动撰写身边每一个队友的故事，俨然一个“战地记者”。

20日晚上9点左右，大家还在继续学习防疫知识，她接了一个电话就悄悄地回到了宿舍。我和张海燕书记不放心，就跟着她一起来到了宿舍，看到她手里拿着电话在哭泣，奶奶病危的消息让她潸然泪下，我们安慰着她，陪伴着她，希望可以减轻她的痛苦……11点

40分，我们看到她发了一个朋友圈：“永失吾祖母……”

擦干眼泪，继续前行！在这个特殊的时期，她选择了武汉，第二天大家看见了她红肿的眼睛，心疼她，劝慰她，而她平静地说着“谢谢”，继续投入到了工作中。大家知道她把悲伤悄悄地藏在了心底……

这个小姑娘在此时的坚强让我们看到了一种坚定与奉献。她写着队友们的生活和感受，却一个字都没有提到自己。平凡而伟大，是我在这座城里的感受。踏实而坚定，是我看到的每一个医务工作者的态度。

宁夏第三人民医院消化内科负责人

宁夏第三人民医院援助湖北医疗队队长　杨　伟

襄阳人民的坚强

2020年2月22日

襄阳市职业技术学院附属医院

今天是我来到襄阳的第11天，疫情来临时大家踊跃报名、签请战书、医院同事们为我们送行的画面还历历在目。很荣幸我被医院选派为第三批援湖北医疗队的队员，我的援助医院是襄阳职业技术学院附属医院。2月12日下午6点到达住地后，我们分发完物资，领导和老师们讲解完疫情期间工作的相关注意事项，已经是晚上11点多了。

第二天早晨，我们进行了紧张有序的岗前培训并考核上岗。记得刚进培训楼的那一刻，我看到对面隔离病房阳台上一位老爷爷拿着饭盒在吃早饭，于是我对他挥了挥手。让我惊讶的是，他竟然看见并对我也挥手示意，紧接着我竖起大拇指为他点赞，他也同样竖起了大拇指，我又握紧拳头比画了一个加油的手势，他也跟着比画了一个加油的手势。那一刻，我深深地被老爷爷的行为所感动，这让我觉得，面对疫情，襄阳人民远远比我想象中要坚强、勇敢、乐观！

我第一天进“舱”，推开隔离病房的门，准备给一位老奶奶输液，她手有些冰凉，我握着她的手时，她泪眼婆娑地问我：“小姑娘，我什么时候才能好啊？我想回家。”我的内心有一种说不出的滋味，我连忙安慰她说：“快了，奶奶，很快您就能好起来了，到时候我送您到病区门口。”

“谢谢你啊，小姑娘，你说话的口音不像我们这儿的人。”

“我是宁夏人，是这次来支援襄阳的。”

老奶奶几度哽咽，颤抖着握着我的手说：“谢谢你，谢谢你们来帮助我们，你们给了我们坚持积极治疗下去的信心，我们一起加油。”

当时，我的眼泪忍不住流了出来，我想，我要和襄阳人民奋斗到胜利的那一天。

宁夏医科大学总医院　赵晓芬

愿小小香囊守护一方平安

2020年2月24日

武汉市中心医院

在我小的时候，心里就有一个英雄梦，渴望变成超人来拯救世界，想像消防员一样，打通人们生的通道。长大后，我成了一名医护人员，在平凡的岗位上默默做着自己的本职工作。

2020年年初，一场突如其来的疫情袭来，看到身处一线的同人们连轴作战，我要和他们一样，站在守护生命的第一线。

2020年2月19日，这必定是我人生中值得骄傲的一天，这一天，我成为一名医疗战线上的“逆行者”。“亲爱的白衣战士们，你们替我们挡在最前方，请你们务必保护好自己，等你们凯旋的时候，再来接你们回家。”耳畔传来机组人员温暖的叮咛。

“你害怕吗？”我问同行的领队老师——“80后”护士长赵娟。她告诉我说：“在疫情面前，没有人不害怕，但是我们必须选择去当

病人坚强的后盾。等武汉疫情结束了，我们完成了自己的任务，就可以安全回家。我们这队的队员普遍比较年轻，我要把你们安安全全带去，平平安安带回来。”

当我们顺利抵达武汉天河机场时，机场自发组织的接机人员不断地高喊："感谢宁夏！武汉加油！"接机的车辆早已备好，一切井然有序。前往酒店的路上路过了武汉长江大桥，风平浪静的江面好像向我们讲述着这座城市昔日的繁华。

到达酒店后，工作人员告诉我们已经消毒完毕，请安心入住，还帮我们准备好了晚餐。进房间后，护士长叮嘱大家，不要着急拆箱子、整理物品，先拿消毒剂把房间里的设施擦拭一遍，在自己的房间中大致区分出污染区、半清洁区以及清洁区。

吃过饭后，我们携带的物资也到了，大家一起下楼搬物资。医院为我们准备了各种物资，大到电热毯、暖手宝，小到各种药品，无论是工作用品还是生活用品，一应俱全。

第二天，宁夏赴湖北驻扎在方舱医院的老师们来了，老师们以小组为单位，给我们总结他们的经验，反复培训我们穿脱隔离衣，一遍遍叮嘱我们病区可能遇见的事情。

我们所援助的医院位于长江边上，几乎一半的病房都是江景房，与我们对接的武汉市中心医院的老师说："如果没有这场疾病，我愿意带你们看遍武汉美景，吃遍武汉美食，我们武汉真的很美。"话语里有些骄傲又有些失落，不过我们有信心为这座城市按下重启键，等着看武大的樱花。

傍晚，护士长给每个人送来了一枚香囊，我把它挂在了房间的窗户上，愿这枚香囊守护着我，守护着每一个武汉人，守护着祖国人民。

我们是宁夏第五批援助湖北的"战士"，在这场疫情防控阻击战中，我们势必用自己的青春，用我们的勇敢，用我们的医术，与时间赛跑，与病魔较量！待到武大樱花盛开的时节，我们必能平安返航。

宁夏回族自治区人民医院　刘佳丽

珍贵的礼物

2020年2月24日

武汉市中心医院后湖院区发热第十六病区

2月24日是我36岁生日，武汉市疫情防控工作指挥部对接工作人员经过多方努力，将亲手做的蛋糕送到宁夏第五批援鄂医疗队驻地，为我庆祝生日。在这个特殊的地点、特别的日子里，我向党组织递交了《入党申请书》，作为送给自己36岁的生日礼物。自2月19日宁夏第五批援鄂医疗队抵达武汉以来，已有30余人递交了入党申请书。

在武汉第5天的所见所闻让我深刻领会到共产党员的先锋模范作用，深刻体会到只有坚信党的领导才能战胜疫情。我深刻理解了作为一名优秀的共产党员始终坚持为人民服务的中心思想，我更加迫切地希望可以早日加入这个优秀的集体中。

今天，武汉市疫情防控工作指挥部的同志和住地领导送我的生日礼物太珍贵了，我心中满是感动和感激。疫情开始后，我看到了众多共产党员身先士卒、以身作则，时刻践行着党员的先锋模范作用，他们选择坚守岗位，选择到人民最需要的地方去，他们的行为给了我很大的触动。宁夏第五批援鄂医疗队马上就要投入战斗了，我们一定会打赢这场疫情防控阻击战！

宁夏第五批援助湖北医疗队　马丽娜

我熟悉，我来

2020年2月24日

襄阳市职业技术学院附属医院

时间过得真快，来襄阳已经有十多天了。这些日子，虽然忙碌、辛苦，却很充实，很欣慰！

从培训到上岗，从上班到下班，从初到时的忐忑到现在的得心应手。昨天是我上的第二个夜班，凌晨两点接班时，交班老师告诉我们216室的病人病重，放过6枚支架，血压不好，没尿……这样的病情，我很熟悉，好像回到了心内科的监护室！虽然穿着厚厚的防护服，戴着影响视线的护目镜，包裹得严严实实，但我还是看出了搭班老师的那份紧张与不安。我沉着地告诉她：“我熟悉，我来。”

整整一个晚上，我每隔15分钟监测一次血压，根据血压调节多巴胺的泵速，严格控制液体滴速，严密观察心率变化及尿量……就这样，来来回回穿梭在病房的走廊里，不知道走了多少趟。上午6点，患者心率终于降下来了，血压过百了，也有尿了，生命体征平稳，无不适主诉。老人用感激的眼神看着我说："谢谢，辛苦了。"一起上班的老师也为我竖起了大拇指，我内心的那种满足和成就感油然而生！

有一分热，发一分光。一个人的精力是有限的，但所有人一起加油，黎明一定会提前到来！让我们手牵手、心连心，共同战胜这场没有硝烟的战争！

宁夏石嘴山市第二人民医院心血管内科　王文庆

暖心的“冷妈妈”

2020年2月24日

襄阳市中心医院

一方有难，八方支援。

作为一名医务工作者、一名护士，我觉得自己有责任有义务为这次疫情做点儿什么。于是，申请、报名、培训、出征，从“塞上江南”到了荆楚大地。在人们谈疫色变的时候，我们却逆风而行，不是不害怕，不是不想家，而是我们觉得这里更需要我们。

2月12日下午，作为宁夏第三批援湖北医疗队队员，我们来到了湖北襄阳。作为一个“90后”女孩，我是我们分队里年龄最小的队员。大家总说我还是个孩子，所以特别照顾和偏爱我，尤其是我的“冷妈妈”。

“冷妈妈”是我们医院急诊科主任，也是我们的领队，他的光头走到哪里都很抢眼。“冷妈妈”每天早晨督促大家测体温，吃药，总是不厌其烦地叮嘱我们，防护服虽然厚重，但千万要穿好，有谁在岗位上坚持不住了，一定要告知他，换人休息，保护好自己，最后一起回宁夏。

作为一个典型的西北女孩，湖北的饭菜我是有些吃不惯的。“冷妈妈”又监督起我的饮食：“要吃饭，要好好吃，大口吃，我们的身上是有责任的。”

只要有时间，我就会眺望家乡所在的方向。“冷妈妈”觉察到我的小心思：“今天给家里报平安了吗？你们放心，出门在外我就是你们的父母，想家了就来找我。”

“冷妈妈”是一名党员，共产党员的精神在他身上体现得淋漓尽致。我们经常会听到“冷妈妈”说“大家别担心，凡事有我扛着”“有我在，大家别怕”等富有责任感和担当的话语。每天“冷妈妈”卸下“盔甲”时，身上满是隔离服和口罩留下的痕迹，多次消毒的手也满是坑坑洼洼，但他就是笑笑，继而又义无反顾地奔向“战场”，不怕苦不嫌累，依旧坚守自己的岗位。我欣赏他的仔细、用心和大爱。所以，在他的感召下，2月20日，来这里的第9天我就递交了《入党申请书》，我想成为像他一样的共产党员。

今天，是我们来襄阳的第13天，我想说，谢谢“冷妈妈”，谢谢所有关心我的人。我会加油的！我们必将凯旋！

宁夏回族自治区人民医院　张毛毛

我也是最美“逆行者”

2020年2月24日

武汉客厅方舱医院

今天是我来武汉的第20天，特别高兴今天有位患者对我说了这样一句话：“透过面罩、护目镜，你的眼睛真好看。”

想起昨晚看到的抖音短视频中，一位新冠肺炎出院患者哽咽着说：“说天上星星很亮的人，肯定没有看过那些护士的眼睛。”让我的眼泪差点掉了下来。

在回酒店的路上，我发现不论公交车司机、维护治安的警察，还是保洁阿姨，每个人都在用自己的方式让这座城市早日恢复正常。

疫情期间，无论你在什么岗位上，愿一定平安健康！

回来洗了个热水澡躺在床上，感觉两条腿都不是自己的了。白天，在病区时间是完全不够用的，记监测、写记录、测血糖……我马不停蹄地拖着笨拙的身子在床位之间穿梭，生怕耽误每一位病人的治疗，并耐心地劝导他们："我们是宁夏来的医疗队，想赶快好起来回家，就一定要配合我们。加油！"

虽然语言沟通不畅，我并不一定听得懂他们在说什么，但我能感受到他们听懂了我的话，都在尽力地配合着我。

因为工作强度很大，每一位医护人员的汗水都顺着面罩滑落，有的连护目镜都花了，但大家都在尽力地克服。

下班的那一刻，看到我所负责的病区的病人从24个降到20个，真的很欣慰，忽然感觉大家的辛苦没有白费。

在车上，看了下手机上的疫情实时追踪，今天新增确诊数仅有112名，相比昨天又下降了不少！

武汉的天气越来越热了，今天室外温度已经达到22摄氏度，出院人数也在逐步增加，看着这些欣慰的数字，我不禁发出小小的感叹：每个今天都是美好的一天，每个明天都值得期盼！

生命中的一分一秒都不该等待，要加快脚步，奔向向往的生活。不然，曾犹豫、曾纠结、曾向往而未完成的事，都可能成为生命永远的遗憾。

这里是抗疫最前线，这里是我们工作生活的地方，每天都经历着你感动我、我感动他的事情。在疫情面前，人与人之间充满了大爱，我相信有大爱的民族，就是不可战胜的民族。

宁夏西吉县中医院　朱文军

我必须坚持

2020年2月21日

武汉市方舱医院

2月4日14点25分，当我得知医院接到了自治区卫生健康委又将组建一批医护队支援湖北的消息后，立即报了名。随后得知，医院的护士姐妹们都争先恐后报名，不到半小时名额已满。由于时间紧急，18点集合，大家要乘坐21点的飞机前往湖北。于是，我赶紧与同事交代了科室的工作，跑回家简单收拾好行李，匆匆与家人告别。

谁知临出门的时候，3岁10个月大的女儿小糖果，平时都乖巧懂事，每次上班前她都会说“妈妈，再见”，可那天不知怎么了，当我抱起她，与她说再见的时候，她的眼泪哗啦啦的，还一把搂住我的脖子说：“妈妈，我不让你走。”听她这样说，向来勇敢的我也禁不住泪流满面。时间太紧，顾不得多抱女儿一阵，我亲吻着她的额头和小脸，告诉她要听话，然后硬是把她的一双小手从我的脖子上拿下来，把她塞给家人，提上行李转身往外跑。此刻，我心想：我的宝贝，妈妈唯一能做的就是成为你学习的榜样。

作为一名共产党员，作为一名护士，特别是一名急诊科的护士，我没有豪言壮语，只有实际行动，因为我有责任、有义务前往湖北支援。

到达武汉以后，我们支援湖北的医疗工作开展顺利，所有队员身体健康，斗志昂扬。经过5天紧张而有序的培训后大家熟练掌握了防护服的穿脱方法，目的就是为了加强防护，保护好自己。一旦有人被感染，那我们就是打了败仗。

2月9日14点25分，接到晚上要进“舱”的通知，队员们的心情既兴奋又胆怯。当晚是我们进入方舱医院的第一个班，工作时间为凌晨3点到9点。做好一切准备工作后，我们抓紧时间休息，0点30分被闹钟叫醒，1点20分我们洗漱完毕整装出发。

武汉的夜晚很寂静，只有数得过来的接送医护人员的车辆和救护车，我们就像一支“夜行军”，为了我们的使命勇敢前进。来到方舱医院，我们换好防护服后进入“舱”内，开始了我们第一个夜班的战斗。看到病区的病人，我在心里暗暗告诉自己，这就是我们的战场，我们每一个人必须打起精神，打赢这场疫情防控阻击战，让患者早日康复，与家人团聚！

忙碌中，时间过得很快，转眼间就到早上9点了，交完班，大家陆续出“舱”，出来后已是中午12点。大半夜的忙碌，让姐妹们个个脸色憔悴，说话也无精打采，脸颊、额头、耳朵被口罩、帽子、护目镜压出了一道道深深的印痕，我们互相看着，忍不住笑了起来。即便如此，我们也不会后悔，我们知道自己肩上的责任，为治病救人，我们的付出是值得的。我们一定不辱使命，尽我们每个人最大的努力，共同抗击疫情，相信胜利不会太远。

胡丽红是和我同院的护理部副主任，也是我们这次出征的队长。2月9日下午，她被抽调出去与其他几位主任和护士长提前进入方舱医院，安排我们后续的护理工作，回来已是22点了，晚饭都没顾上吃，又叮嘱我们一定要保护好自己，做好个人防护。

本来那天晚上她可以不进“舱”的，队友们也纷纷劝说：“主任，你辛苦一下午了，晚上回来又这么晚，已经很累了，就别和我们一起进去了，好好休息吧。”她果断地说：“不行，再累我也得和你们一起进去，我把你们9个人一起带出来，你们在哪里我就在哪里。和你们在一起，我才能安心，我必须把你们每一个人安全地带回去，我不累，我能行。”听到这样的话，我们都沉默了。在这场没有硝烟的战斗中，我们一定要克服一切困难，团结一致，努力完成任务。

今天有位阿姨来找我测量血压，问我：“小姑娘，你多大了？你们不是本地人吧？”我说：“嗯，我们是宁夏医疗队的。”阿姨就说：“你们宁夏医疗队真的太伟大了，感谢你们千里迢迢来帮助我们，虽然不太能听懂你们说话的口音，但看到每天你们为我们忙前忙后，嘘寒问暖，我们真的很感动，谢谢你们，等阿姨病好了，下次你来武汉玩，阿姨一定打扮得漂漂亮亮的，开车去接你们到我家做客。”听到这话，我的眼眶湿润了，多么朴实的话语，我的心里满是感动。本来每天的工作强度就很大，再加上穿的防护服又不透气，整个人又热又闷，但听到阿姨的一番话，就觉得我们的付出是值得的。只要我们的付出能换来武汉人民的健康，再苦再累都是值得的。

在这里工作的每一天都很有意义，虽然防护服穿起来很累、很难受，但是为爱“逆行”值得。防护服隔离了病毒，却隔离不了人与人的真情，隔离不了宁夏人民与湖北人民的友谊。

宁夏青铜峡市人民医院急诊科护士长　樊　瑞

我们都会胜利

2020年2月26日

武汉市方舱医院

娇儿，收到你的来信是25日凌晨1时28分，那天是我到武汉第一个辗转反侧、难以入睡的夜晚。一口气读完你写给妈妈的信，泪水早已挂在了脸上。

夜深人静，想念远方奋笔疾书的你，一句“初识最美‘逆行者’还在卷中，回首已是卷中人”道出了你对人生美好的向往和处事不惊的从容。

想起远方紧张备战高考的你，内心永远有种愧疚感，因为自己不能像其他家长一样陪伴你度过人生最重要的一段时光，不能助你一臂之力，几个月之前我向班主任做的保证也泡汤了。反倒是你安慰我说：“人总要经历过有意义、值得纪念的事，才没白活；你放心，我不需要你照顾，我自己能行。”这些写在纸上看似淡定之词，但当你亲口说给我听时，妈妈内心为之震撼，一个人了无后顾之忧，一心一意干一件事，肯定能干好。我想抗击疫情会胜利，你在高考中也一定会顺利！

娇儿，人生奔波，尽力就好，远处的是风景，近处的是人生。妈妈在武汉参加阻击疫情工作是人生，而你在家中备战高考也是人生。愿我们经历了这部人生篇章后，相约去看远处的风景。

你在信中说，希望母亲是自己的英雄、别人的天使，更希望自己的母亲能平平安安，凯旋。妈妈想要告诉你，这名“老战士”内心并无恐惧，只是多了一份谨慎小心。愿你经历生活中的种种阴霾后，依然对生活报以热情。愿你孜孜不倦地探求和付出，换来的是胜利的果实，愿你永远健康平安。

宁夏中医医院暨中医研究院　宁小菊

放心，我们决不会多留你的

2020年2月26日

襄阳市传染病医院

今天是我来到襄阳的第14天。昨天我值夜班，去病房接班的我好开心，因为好几个病房都空了，还有好几个病房里只住了一个病人。今天是个特别的日子，听说医院要将所有病人整合归在二病区，由我们宁夏医护团队接管。这是信任也是挑战，我们定不负组织重托，站好自己的这班岗。

我们所在的襄阳市传染病医院收治的都是确诊病人。我们刚到的那天，医院有157例确诊病人，我所在的三病区有41例，而昨天接班的时候，病区只有19个病人了，今天还有8个病人能出院，转到指定安置点隔离观察。看着空荡荡的病房、空荡荡的走廊，这些天，所有医护人员的辛苦努力都是值得的。晚上11时40分，我开始查看病房。路过十病室，30床的刘大哥还没有睡，在地上来回踱步，虽然戴着口罩，却难掩他的愁容。我拨通了他的电话，原来病房里的病友陆续出院了，就剩下他一个人，他着急，想回家，想家人，现在偶尔有些低热的他怕自己的病加重。我在电话里笑着说："刘大哥，你核酸检测两次都阴性了，胸部 CT 显示的病变部位的积液也都不见了，还有，你是不是好几天都不咳嗽了？这么晚还这么有精神地在地上溜达，这都说明你快出院了，放心，我们决不会多留你的。"我还给他讲了一个笑话，电话挂断后，我不放心，来到窗前又看了看，刘大哥已经准备睡觉了，眉眼也舒展了许多。他看到了我，我在玻璃窗上画下一个笑脸，伸出大拇指给他加油。

天亮交班的时候，给刘主任做了汇报，今天准备给刘大哥请个心理治疗师做心理辅导，希望可以消除他的焦虑，让他早日治愈出院，和家人团聚。

宁夏石嘴山市第二人民医院重症医学科医生　闫莉婷

为战友的护目镜消毒

2020年2月27日

武汉客厅方舱医院

这一周我不进“舱”，上消毒班，主要负责将医护人员用过的护目镜消毒、清洗、晾晒。

大家可不要小瞧这份工作，弄不好自己或医护人员都会被感染，或者消毒液的残渍会伤到医护人员的眼睛。我们第一次上班，护目镜上残留的消毒液就把我们两组医护人员的眼睛弄伤了。领导知道情况后，特别心疼，马上给我们送来眼药水，配备了新的护目镜，医院还制定了标准的护目镜消毒、清洗流程和专人负责制度。后来，就再也没有出现过类似的问题。

给护目镜消毒听上去很简单，但要经过初次消毒、二次消毒、清水浸泡和流动水冲洗、晾晒等步骤，每个流程都要认真、细心，不能有半点马虎。这不，2月27日，我和王淑玲老师一遍又一遍冲洗完130多个护目镜时，已累得满头大汗。看着满满三箱洗得亮晶晶的护目镜，心里满满的成就感油然而生。因为我们放心了，踏实了，这些被污染的护目镜，经过我俩的冲洗，对每个医护人员都是安全的了。

在疫情期间，不管我们被分配到哪个岗位，只要我们发扬不怕苦、不怕累的精神，尽职尽责完成自己的本职工作，都是好样的。加油！

宁夏彭阳县人民医院　韩烈梅

黎明的曙光

2020年3月2日

襄阳市职业技术学院附属医院

2月11日中午，我接到了科室楚主任电话，说医院这次要抽调中医专业的医护人员去湖北，让我做好准备，第二天出发。放下电话，我内心很激动、无法平静，这件事期盼已久，终于，我要“上前线”了！

2月12日下午6点多，我来到了襄阳，被安排到了襄阳市职业技术学院附属医院。经过一夜的休整，第二天，在杨主任和任护士长的带领下，我们进行了穿脱隔离衣的培训，熟悉医院电子病历流程等工作。第三天，在经过了穿脱隔离衣的严格考核后，我们正式上岗了——进隔离病区收治病人。

跟我搭档的两位医生是襄阳市职业技术学院附属医院本院的，在我们来之前，他们已经连续工作将近20天了，很疲惫，所以，我觉得我能多干点就多干点，让他俩缓一缓，哪怕是我能多记几个病程。

那天刚进隔离病区，就有病人呼叫，一位阿姨想了解自己的病情，虽然她戴着口罩，但从她的眼神能看得出她有些着急。我们给她耐心解释后，她安静下来了，笑着给我们说了好几声谢谢，一直看着我们走出病房。回头再看她时，没错，她的眼里满满的都是信任。或许，一句安慰的话或者一个会心的笑容，也能带给病人一些宽慰。

我是土生土长的西北人，来到襄阳，刚开始对这边的气候不太适应，一个字——冷！襄阳下雪的那晚，我值夜班，换好防护服进到病区，就开始查房，忙完已经快晚上10点了。病区里病人都休息了，能听到的就是医生和护士在楼道里来回穿梭时鞋套和地面的摩擦声，不时还有新的病人送过来。天气虽然冷，可是接病人、采集病史、写病历，一切都有条不紊、井然有序。凌晨2点，大家都还在忙碌着，因为我们坚信胜利肯定是属于我们的！

夜已深，黎明的曙光还会远吗？

宁夏医科大学总医院中医科主治医师　金建宁

长大后我想成为你

2020年3月5日

武汉汉阳体校方舱医院

凌晨4点的武汉，有些微凉，6点要去汉阳体校方舱医院接班了，泡一包方便面补充一下能量，拿起手机，度过半小时属于自己的时间。

昨晚11点多，媳妇发来了视频。视频里，两岁的女儿有模有样地戴着玩具听诊器，在给她最喜欢的绒布兔子看病。岳母问她："你的小兔子脏了，姥姥给你洗洗吧？"女儿说："不要！等爸爸回来洗！"岳母问她："爸爸在哪儿呢？"女儿说："爸爸在武汉给别人看病呢。我长大也要当医生！"

看到这里，我的眼眶瞬间湿润了！都说女儿是爸爸的"小棉袄"，平时工作忙，陪伴她的时间并不多，本计划今年春节好好陪伴她，但由于新冠肺炎疫情，我和媳妇正月初二就双双返回医院的工作岗位。

2月15日，我主动请缨支援武汉，算一算已经20天没有见到女儿了。从她出生到现在，我还是第一次离开她这么长时间，我对我的“小棉袄”心存愧疚。可是她说自己长大也要当医生，我知道我的选择没有错，甚至觉得有些骄傲。作为中西医结合医院的医生，我看到了中西医发展的前景和在疫情中的作用，我对自己的选择坚定、无悔。我用自己的实际行动把一颗坚韧、勇敢、为他人奉献的种子种在了这个小人人的心里。

快速地吃完泡面，坐在前往方舱医院的车上，看着这座拥有一千多万人口却有些空荡荡的城市，心中暗暗向女儿保证：亲爱的开心，爸爸一定努力做好这次抗疫工作，平平安安地回到你的身边！等你再长大一点，爸爸妈妈一定要带你来武汉，让你看看爸爸曾经“战斗”过的地方。等有一天你长大了，希望你接过我手里的听诊器，也成为一名白衣战士。

宁夏第三人民医院疼痛科医师　满　毅

耳朵和鼻梁痛到不敢出声

2020年3月5日

武汉东西湖客厅方舱医院

今天武汉的天气很好，下午接到通知，统一安排剪头发，坐到理发师面前，我默默告诉自己，头发可以再长，战斗刻不容缓。

按工作要求，晚上9点上班，需要提前2个小时出发，剪完头发已经6点20分，匆匆吃了几口饭就赶往医院。我们也不敢喝水，因为不知道面对的是什么样的任务，内容和时间都是未知的。

上面要求我们穿纸尿裤，拿起它，想起了2岁的女儿。女儿6个月的时候我开始回到工作岗位，一直忙于工作，她1岁半我又去外地进修学习。本想着学习回来踏踏实实地带孩子，做一名好妈妈。谁知疫情悄然而至，这个时候我怎能退缩，于是主动申请到武汉支援。心里对女儿的愧疚已说不出来，还好有家人的一路支持，感谢老公、婆婆、哥哥、嫂子。

转眼到时间了，大家穿好统一服装，每组12个人由专职司机送往武汉客厅方舱医院，车里很静，大街上一个人也没有，每个人看上去都心事重重。路过关卡，司机告诉守岗大叔，车上是医护人员，我开玩笑说，现在这几个字还挺吃香，大家都笑了，打破了紧张的气氛。

穿好防护服，我们小心翼翼，进门就看见间隔一米距离的床铺，护士长告知我负责B2区病人。我巡视病房，询问主诉，基本都是以咳嗽、胸闷、气短为主，我告诉他们，心情也很重要，不要有压力和负担，要相信自己一定会好起来。有一个阿姨跟我说："你们是从宁夏来的，好远啊，辛苦了。"我告诉她，全国人民都是一家人，她对我竖起了大拇指。

病人陆陆续续来住院，大包小包的，医院也给大家准备了一些吃的和用的东西，有大衣、洗脸盆、热水、米饭、牛奶、自热火锅等。

"耳朵实在痛得不行，我想用手去碰一碰。"小张告诉我不行，手不卫生，可我真是痛到不能忍受，返回去看看小马，鼻梁骨已经被压到发红，甚至有点变青，心里说不出来的滋味。我们三个人继续推着那个比我都大的口服药车，给每个病人发药，防护服里面虽然穿的短袖样式的衣服，但早已被汗水湿透，护目镜也随着时间推移，里面凝结了很多水滴，落在防护服上，模糊了上面的名字。

交接班结束，在脱衣间有贴心的老师看着我们，告诉我们一些不容易注意的细节，叮嘱我们要对耳朵、耳后、颈部等进行消毒，当手涂抹到耳朵和鼻梁骨的时候，我们都痛得不敢出声，虽然泪花在眼睛里打转，但大家都没有表现出一点负面情绪。

穿一层洗手衣，走向外面的帐篷，大家冻得瑟瑟发抖，但还是互相加油打气。宾馆门口，医科大的老师早早帮我们准备了有暖气的帐篷，再次换衣服，老师指导我们对面部、耳后、颈部、鞋底再次消毒，转身看着老师们给我们脱下的衣服鞋子进行消毒，心里满是暖暖的感动和谢意。躺到床上已经凌晨6点多，但我没有一丝睡意，我只想说，中国加油，武汉加油！

宁夏石嘴山市惠农区人民医院内科　王延琴

我们不能吃

2020年3月8日

武汉客厅方舱医院

今天我是A班，近半小时的车程到了方舱医院，整装出发准备接班。上班已有20几天，我们也逐渐适应了环境，不再感到紧张和恐惧，刚来时一进“舱”就头晕目眩、恶心胸闷，现在已渐渐适应“舱”里的工作了，也习惯了穿纸尿裤。今天的A班很忙，中午给患者送饭，一位阿姨说：“姑娘你也吃点吧，这个香蕉是带皮的，干净的，我不吃留给你。”我轻声说：“谢谢您，阿姨我们不能吃。”虽然这时身躯疲惫，饥肠辘辘，心里却十分开心。回到办公桌前，有个小护士还说：“今天的香蕉熟透了，太香了，好久没吃香蕉了。”听到这话心里未免有点心酸，都是花一般的姑娘，在家想吃啥父母就给买啥，今天在战场就是一名战士，连续工作10个小时，我真心为她们感到骄傲。我扶着小姑娘的肩说：“等会儿下班的时候，我去总管处给你要几根香蕉。”姑娘开心得快跳了起来。

在这里我们感受到了来自各方的关爱，领导的关爱，武汉当地同行的支持，远在家乡的亲人的关爱，使千里驰援武汉的我们并不孤单，使我们坚定了战胜疫情的决心。我们坚信一切都会过去，我们一定会和武汉一起迎来明媚的春天！

宁夏青铜峡市人民医院护士　胡丽红

我来陪伴大家了

2020年3月8日

武汉客厅方舱医院

我是一名平凡的护士，不承想，在2020年的立春却成为众多“最美逆行者”中的一员，成为奔赴武汉抗击疫情的白衣战士。

刚开始的那些日子，进到病房还有点恐惧，和病人之间始终保持着很远的距离，甚至不愿意靠近病人，生怕会被传染。即使病人们都戴着口罩，但依然感觉他们每个人身上都带有无数个病毒。慢慢地，病人好像也察觉到了，主动和我疏远，偶尔有人来询问病情、咨询一些事情时，也站得很远。就这样，病人不但不生我气，反而还对我很热情。每到吃饭时间，纷纷走过来说：“累了吧，赶紧先吃饭，再干活。”时不时对我说：“真是太感谢你了，从那么远的地方过来，你们都是最美的白衣战士，加油！”有的阿姨说着说着，甚至难过得流下了眼泪。简单的话语，虽没有华丽的词修饰，却让我很惭愧。我没有作声，只是默默地低下了头，心里好难过，好内疚。想想以前，无论我们怎么精心护理病人，照顾病人，有时候也得不到病人的感谢和肯定。而今天，我根本没有做什么，没有付出什么，只是每天给他们发发药、送送饭、测测血压、量量体温等，提供些简单的服务，却得到了病人的极力认可和赞赏。这时我醒悟了，我不该嫌弃病人，不该疏远病人，不该用异样的眼光看待病人。就这样我慢慢地接纳了病人，病人也慢慢地与我亲近了。每天上班，第一件事就是进去和他们打招呼，问候一声："大家好，我又来陪伴大家了，今天感觉怎么样呢？"就这样，他们都很喜欢我，每次看到我上班都很高兴，拉着我给我讲当地的特色小吃、好玩的景点等。还说等疫情过后要请我吃当地佳肴，带我去游览名胜古迹。

不知不觉中熟悉彼此了，每天上班听到最多的是"谢谢""你们是最美的人""你们辛苦了"。我下定决心，坚定信念，疫情不退，我们不归！

宁夏青铜峡市人民医院护士　宋丽群

使命与担当

2020年3月11日

武汉市中心医院

疫情之时我在宁南医院下乡工作，错过了第一次驰援武汉的报名。心急如焚的我偷偷发信息给护士长主动要求参加第二批驰援，护士长考虑到我孩子才一岁，让我慎重考虑。我表示决心已定，我爱人是我坚强的后盾，我随时待命。过年期间阖家团圆，我将驰援的心思试探性地告诉了父母，他们不同意。侄子闻讯抱着我哭，担心我的安危。我的外公是地地道道的农民，18岁加入中国共产党，一生清贫，辛勤劳作，助人为乐，是我学习的榜样。记得母亲曾经多次偷偷流泪说外公生前受了很多苦，始终遗憾外公没有在国家强大的时候享清福。而我认为有国才有家，国家的日新月异和每个人息息相关。在国家有难之时，每个公民都应该责无旁贷地贡献一份力量。

到达武汉机场那日，武汉人民高呼欢迎宁夏、感谢宁夏、武汉加油。一双双坚定且寄予厚望的眼睛，让我泪目，有感动也有心疼，我暗暗下定决心，一定要为这座城市努力工作。

进驻病房十余日，每天穿着厚重的防护装备，走路都很喘。在平时帮危重症患者翻身只是最基础的护理工作，而现在每帮患者完成一次翻身，汗水就会将全身湿透。里层衣服湿了又干，干了又湿。护目镜到下班的时候沾满了汗水，摘下来能倒出一摊水来。脱下所有防护装备的那一瞬间感觉重获新生。很多人给我发信息问候，表示很担心，而我总是轻描淡写地说只是换了地方和服装完成护士的职责。哪有什么岁月静好，只是有人愿意负重前行，而我们选择为之付出努力，不忘初心，不负韶华。

特殊感染患者没有家属陪护，36床奶奶八旬高龄，病情危重，听力差，下午大汗，心率上升，血氧饱和度下降。赵娟护士长一直守在床旁，观察病情变化，书写文字安慰奶奶。调整了治疗方案，加上安慰，奶奶病情很快有所好转。特鲁多墓志铭写道：有时治愈，常常帮助，总是安慰。我们需要的不仅仅是治疗疾病的本事，更多的是需要陪伴和安慰。一日白班，奶奶拿出让女儿精心挑选并编织的手链要送给我们，我们非常感动：在这个特殊时期，病情严重的奶奶不担忧自己的安危，先想到我们的辛苦，想表达感谢。前天夜班，我帮奶奶整理东西时发现她没有干净衣服可换了，由于条件有限，我只能使用洗手液帮她把衣服洗了晾晒在输液架上，奶奶发现了，不停地说感谢，当时心里觉得好暖好暖。

我担任第五批医疗队护理第八组组长，办公班和治疗班相对轻松，不直接接触患者，被感染概率较小。但是我带领的9个队员（小组成员：陈艳荣、党丽、刘伊莎、刘佳丽、冯荣灿、杨静、聂丽娟、张艳、周琼），每个人都主动要求一线护理患者、帮助患者，她们始终坚持初心，认真完成每项工作。特殊时期没有保洁员，小伙伴们扫地、拖地、收垃圾、消杀，抢着干，不怕苦不怕累，汗流浃背并快乐着。

希望在我们离开武汉时，樱花盛开，赏花路上人头攒动。春雨，一个新的轮回开始，万象更新，再没有任何力量能抑制生命的勃发。相信我们能战胜困难，走向春天。更相信每个人的每一份热情、每一份奉献都能温暖这个世界，加速春天到来的脚步。

我坚信星星之火，可以燎原，在武汉，我尽自己微薄之力，为武汉加油！

宁夏回族自治区人民医院重症医学科护士　王明秋

有泪水在，我感到自己仍然饱满

2020年3月17日

武汉市中心医院后湖院区

来武汉前，由于爱人也在一线参加抗击疫情的工作，回不了家，只能把七岁的女儿送回老家，自己一心一意投入到抗疫的战斗中去。

到武汉之后，我们被分配在离华南海鲜市场只有2.3公里的武汉市中心医院，不到一周，大家很快适应了新的工作环境，迅速投入到发热四病区的具体工作中去，全部独立工作。我和同事谢婷主要承担着病区危重患者护理工作，我们分管的两位高龄患者，其中一位89岁的病人长期卧床，为了防止发生压疮，大多时候一小时就要翻身，最长时间必须每两小时翻一次身，在翻身过程中，要确保老人的肢体在功能位，每一个关节突出的位置都要垫上软枕，保证所有管路的通畅性。这往往需要至少三个人才能将老人抬起来，瘦弱的姑娘们帮老人翻完身后，顾不上汗流浃背，就开始检查纸尿裤，更换大小便失禁器具。而这位老人还有高血压、房颤、脑出血等基础性疾病。除了上述工作，我们要一日三餐顿顿给老人喂饭。

有一天，老人情绪格外烦躁，翻身、进食时很不配合。看着消瘦的老人，我耐心地劝她，饭就是打败病魔的援兵。然而不管我怎么说她就是不听，谢婷每喂一口米粥老人就抵触地吐出来，加上老人存在认知功能障碍，我们心里着急又担心，可又无可奈何。当我听到老人嘴里咕哝着“女儿”时，才突然明白原来老人是想女儿了。心疼加上悲悯，我终于找到了打开老人心扉的钥匙，我轻轻抚摸着老人的脸颊和额头道：“老人家，你不吃，病不好，将来女儿见了，她可就不高兴了。”我不厌其烦地说着，十几分钟过去了，老人不再抵触，终于张开嘴巴慢慢吃了起来。这时，我看到谢婷护目镜水汽后面眼里的泪花。我想起了鲍尔吉 · 原野《让高贵与高贵相遇》里说的：“有泪水在，我感到自己仍然饱满。”

是的，我一直觉得正是这些细微的点点滴滴，才让我平凡的生命变得如此丰富和强大。在这里，我们穿着防护服，仿佛每天都在蒸桑拿，而我们的姑娘们却说，每天蒸蒸桑拿浴，正好不用减肥了！但所有人都知道，在这没有硝烟的战场上，我们和病魔在做着殊死的搏斗！

宁夏回族自治区人民医院　李　翔

胜利返航

2020年3月17日

银川医院

伴着今日（3月17日）武汉新增确诊患者仅1例的消息，国家紧急救援队宁夏队员怀着激动的心情和对亲人的思念，平安抵达银川，进入14天的自我隔离期，此次援湖北之行，也在今日画上了一个圆满的句号。

回想过去的43天，1032小时，从刚开始着手时的杂乱无章到后来移交得井井有条，每天的辛苦不言而喻，但也对自己的工作多了一些新的认知，认识到平凡的岗位也可以有不平凡的体验，感觉到“健康所系，性命相托”的医学誓词离自己很近，此次援助湖北，终生难忘！

我和其他省救援队药学同事组成武汉客厅方舱医院的药剂团队，一天的主要工作就是保障临床一线的药物供应，并提供药物咨询。

从开始的摆柜台、合理规划药品存放区，到方舱医院开始收治患者，再到一一解决方舱医院所有的药品供应、临床应用等问题，我们的工作需要加班加点。轮休的时候，我们也通过全国一线支持湖北药师微信群学习药学知识，讨论“舱”内用药存在的一些问题。很多援湖北医疗队的同事在此期间出现了一些身体问题，寻医问药也变成我们的日常工作之一。全力保障各位同事的身体健康，是打赢这场攻坚战的基础，看着方舱医院里面的患者一一出院，感觉累得很幸福、很开心！

身处武汉，每天上班都需要穿着密不透气的防护服，汗水时常会浸湿里面的衣服，口罩和护目镜勒得面颊和眼角都变了形，这是我们的常态，很多医护人员都出现了发红和瘙痒的皮肤症状，但大家都在坚持，大家都坚信，武汉疫情得到控制的时间快到了，坚持就是胜利！

在这段时间里，面对每天忙碌的工作，连想家、想父母、想媳妇孩子都变成了奢侈。每当交班后看到女儿发来问候和关心的信息，心里都会感到阵阵暖意，但我同时也明白，有了家人的支持和关心，我们的援助湖北之战才能打得更漂亮！

3月8日，最后59名新冠肺炎患者从方舱转送雷神山医院，我们宁夏医疗团队在住宿接待中心休整待命，并联名请战，迎接新的工作任务。但接到上级通知，首批49支援湖北医疗队开始离开武汉返程。

在返回的途中，送别场景让人泪目，武汉3000余名交警昂首挺胸，以最高礼遇、最好敬意、最佳形象护送各医疗队返程，还有那些可爱的志愿者和工作人员，打着“感恩白衣天使”“武汉人民永远铭记您”的标语，早早就聚集在了天河机场，一幅幅标语寄托深情，一句句感谢饱含厚谊。此时此刻，我感觉到中华民族五千年所积淀出来的团结是如此强大，在任何时候，都能战胜一切，作为中华儿女，我感到无比光荣。

武汉可爱的志愿者们，也感谢你们的辛勤付出，正是你们的后勤保障才能让我们安心抗击疫情。

作为国家紧急救援队（宁夏）的一名队员，祖国哪里有需要，我们就去哪里，感谢祖国给予的机会，让我感觉到了生命的意义和工作的价值。一场肆虐的疫情，一次特殊的使命，在国家需要时，能参与这场战斗是医者的荣耀！武汉是座英雄的城市，武汉人民是英雄的人民！待到来年樱花烂漫时，我一定会再来这座英雄的城市，感受它别样的美！

宁夏医科大学总医院　徐建国

与危险擦肩而过

2020年3月19日

襄阳市职业技术学院附属医院

即将踏上回家的旅途，在襄阳经历的一切都历历在目，也有许多的人让我牵肠挂肚，其中就有因新冠肺炎确诊，收治于襄阳市职业技术学院附属医院一病区207病房的李爷爷。

李爷爷是因新冠肺炎确诊住院的，已经住院治疗了一段时间，因为年龄大、病情重，加之有基础性疾病，因此情况一直不太好。2月24日下午，我上班没多久就接到科室通知，要将207病房的李爷爷转往上级医院继续治疗。李爷爷的身体里已经放了8个支架，医生怀疑再次心梗并伴随新冠肺炎，我和同事急忙收拾李爷爷的东西，给他穿衣服、整理心电监护设备。不一会儿，救护车到了，我们立刻把李爷爷扶到轮椅上，一人推车，一人提心电监护设备，还有一人拿着泵和氧气袋。其实这样的工作我们之前重复过无数次，但像今天这样穿着笨重的隔离服，戴着双层口罩和满是雾气的护目镜，却是第一次，我们艰难地前行着。我们三个女汉子用尽全力将李爷爷抬上了救护车，然后我和同事师蕊上车陪同李爷爷转往中心医院。此时正值中午，太阳高照，密闭的车厢里，臃肿的防护服下，额头上豆大的汗珠顺着脸颊往下流，流进了护目镜、口罩里，流进了嘴里。我的衣服都湿透了，呼吸困难，我快窒息了，有那么一瞬间真想把隔离服撕掉。救护车飞速驶往中心医院东津院区，因路途颠簸，李爷爷难受地呻吟着，我知道他很不舒服，于是边握着他的手，边拿来衣服垫在他的头下面。同事师蕊则细心地蹲在他的身旁将他的头托起来，避免磕碰到担架。

我有生以来从未觉得如此漫长煎熬，密闭的车厢和不透气的防护服让我快要窒息了，疾驰的救护车使我的胃里翻江倒海，嘴里满是汗水与胃液搅拌的奇异味道。我硬撑着，一边询问李爷爷哪里不舒服，并观测血压、血氧饱和度、心率的波动，一边用李爷爷的电话联系中心医院的医生护士。用时40分钟，我们终于到了襄阳市中心医院。因为抢时间不等人，我和同事迅速将李爷爷抬下来放到平车上，一路小跑成功地将李爷爷转进了ICU，看到那里忙碌的护士们，我和同事师蕊帮助他们铺床、抬李爷爷上床，更换心电监护设备、接微量泵、安装氧气装置……最终看到监护仪的屏幕上显示生命体征一切平稳，我悬着的一颗心终于落地了。在我们将李爷爷一切安置好、交接完毕准备走时，老人家看着我，用一口我还听不太懂的襄阳话说着感激之词："谢谢，太感谢你们了，我没有家人在，给你们添了那么多麻烦。喂我吃药，给我倒尿，一路送我过来，给我穿，又给我脱，真是太谢谢你们了。”说着说着，李爷爷哽咽着将头转向一侧，我的眼眶也湿润了，我把手机放到他的手里，告诉他：“李爷爷，等你病好了，用这个手机和家人联系，他们会来接你的。我们走了，襄阳医院还有病人在等我们，您多保重！”

走出监护室的门，我又回头看了一眼李爷爷满是感激的眼睛，虽然相处时日不多，但在心中已然把他当作亲人。我在心里默默祝福：一切都会好起来的。走出中心医院，才发现自己因为着急，鞋套跑掉了，防护服刮破了，手套也破了，现在回想起来有些后怕，可当时没想太多，也顾不了那么多，作为一个在心脏科室工作10年的医护人员，我深知心梗意味着什么，能够将老人家以最快速度平安送到ICU，就是我当时的所思所想。我的腿感觉像灌了铅似的，无比沉重。全身衣服湿透，一会儿热一会儿冷。此时此刻，才真正感觉自己像个战士，像个斗士！虽然伤痕累累、辛苦异常，但体会到了存在的价值以及被需要的感觉，一切都值得！

宁夏医科大学总医院护士　柳　真

老河口市病友日记

2020年2月20日　星期四　晴

今天是我入院第十天，十天来，我见证了医院里的一些感动，一些无奈。感动的事天天有，无奈的事也时时发生。天天关注疫情新闻，时时聚焦医患群动态。医院的生活轨迹就是两点一线，除了洗漱上厕所，就是吃饭看手机。在病房内散步，跟宁夏护士学做养肺操、拍打操，活动活动筋骨。今天下午又有10人出院了，协助我们统计的帅哥也出院了。他是一个很好的小伙儿，总是那样任劳任怨，默默无闻，从不表现自己。在此，我代表二楼住院的病友感谢这位帅哥，他就是66床的李斌，感谢你为我们所做的一切。愿你出院后好好保重，等你的好消息，只要这个群还在，只要你不退群，我们都会一直关注。

昨天核酸检测报告已出，我由阳性转为阴性，身体各方面也有很大改善，比如疲乏困倦好了很多，嗓子不疼了，只是还有点痒，肌肉酸疼的现象也有好转，一切体征都朝好的方向发展。

最要感谢的是医护工作者，是他们日日夜夜地守护，不厌其烦地检测、复查、答疑解惑。再就是感谢未曾谋面的艳阳天的厨务工作者，他们每天为我们制作可口的饭菜。感谢在这次疫情中捐资捐物的爱心人士，还有那些不留姓名的退役军人、卡车司机、工人、农民、学生……他们都是这个时代的英雄！

2020年2月24日　星期一　晴

我是老河口李楼住院患者，今天是我入院第八天，我独自一人到病区阳台上散步，看向不远处的万家灯火中有霓虹在闪烁，给寂静安详的城市增添了几分神秘！昔日热闹非凡的街景，在这个特殊时期是如此静谧，没有喧哗，没有车来车往，静下心来，可以听到自己“咚咚咚”的心跳声，还有不知名的鸟鸣声。刚看到一则新闻，钟南山院士郑重发声：新冠肺炎新增病例2月中下旬达到峰值。这是一个特大好消息。中午，在病房窗户边看见几位出院的病友，心里还特高兴，希望情况会越来越好。对于我来说，不懂医学知识，看不懂化验单，心情还是有些焦虑，只能天天喝着苦药，参加李楼内的一切活动。好在李楼内气氛融洽，医患关系友好，上卫生间时发现，宁夏的章丽正在给68床大爷洗脚，宁夏的刘艳红正在给56床病友梳头。回到病房，站在窗户边，发现楼下有医护人员正在为出院的患者送行，合影留念，多么感人的画面。静下心来想想，在大灾大难面前，只有中国才有能力、有魄力拯救危难中的子民，让他们没有看不上病的恐慌、买不到药的痛苦，解决了百姓的后顾之忧。这就是党对人民的承诺：坚决打赢这场疫情攻坚战，还人民健康的体魄！

白衣天使的爱，没有太多的语言，一切都体现在每天一点一滴的实际行动中……他们就是一群为爱奉献、为梦改变的可敬的人！他们是最美的“逆行者”，为守护患者的安宁而负重前行！这是一场人类与病毒的抗争，要胜利，每个人都要做好自己！做好自己，就是在为国家做贡献，不拖国家的后腿。感谢驰援湖北襄阳的宁夏全体医护人员！感谢刘艳红老师的精心护理和细微关怀！刘老师，你们在疫情蔓延时不顾个人安危，舍小家、护大家。你们的大爱，全国人民会记着，湖北人民会记着，我们襄阳人民会记着。全体白衣战士在阻击新冠肺炎疫情中逆行而上，你们是宁夏的骄傲，更是祖国的骄傲。我们为你们点赞，并向你们致敬！

刘艳红整理

隔离日记

“并肩作战才是最温柔的相守，虽然不在一起，但我们仍在12348公共法律服务热线中战斗。”从1月24日到3月7日，宁夏回族自治区13名律师值守宁夏12348公共法律服务热线，共接听咨询电话3670个。

一

人物：王鑫鑫

职务：宁夏12348公共法律服务热线值班律师

经历：从老家河南周口到银川，先后经历了两次隔离。其间，手持一部热线手机，24小时法律服务“不打烊”，以这种特别的方式参与到疫情防控战斗中。

为了确保过年期间12348热线畅通，我们一直手机呼转接听群众来电。大年三十回到老家，居家隔离20天后，办理好相关手续于2月13日返回银川，2月14日晚一下火车就跟随工作人员来到接受集中隔离的酒店，就这样开启了第二次隔离。

无论是回家居家隔离，还是回到银川集中隔离，王鑫鑫都坚守在特殊的“岗位”。

咨询电话：“物业对我拍照是否构成肖像权侵犯？”

答复：拍照是为了便于加强管理，准确核查出入人员，在不以营利为目的的情况下，这不构成侵犯肖像权。

2月17日，向有关部门在微博上就银川火车站分流隔离返银人员提出了三点建议。

建议一：可以在火车上扫二维码填写个人信息，有效避免乘客出站扫码的聚集。

建议二：利用银川站出站通道长的优点，拉长战线分批分距离排队，避免人员聚集。

建议三：从疫情严重地区来银的人员，建议进一步加强分流管理工作，确保快速分离、快速送离，尽可能减少人员在车站聚集停留的时间。

当天便收到官方微博的回复，表示三条建议都很有针对性，他们已在积极采取有效措施。

14天的隔离，看似漫长其实很快，一日三餐由酒店统一安排。

每天房门铃声会响6次，3次是开饭提醒，3次是医务人员测量体温……

二

人物：窦晓娇

职务：宁夏12348公共法律服务热线值班律师

经历：2月4日，乘坐飞机从老家河北省邢台返回银川，第一时间向社区备案，开启了14天的隔离生活。

每天早晚两次测体温上报到社区微信管理群，每隔两日社区卫生服务站人员上门测量并登记体温。社区工作人员会通过微信群为隔离人员提供生活采购及定时垃圾回收服务。

“12348想对您说，疫情阻断了面对面，但不会阻断我们法律咨询服务的连线，我们一直都在！”这是每日清晨的问候语，开启每一天隔离值班模式。

“民生行业不停业，作为商超的供应商，我们现在不知道怎么办。商超要求供应商签署保证书，保证工作人员无人感染，如果出现人员感染，则罚款50万元，请问这种做法是否合法，我们可以拒签吗？”一位商超的供应商拨通了12348的法律服务热线，非常焦急。

答复：首先，商超的做法不合法，供应商可以选择拒签。其次，可以和商超方进行充分协商，在协商不成的情况下，可以向当地工商管理部门投诉反映，在解决此问题的同时，也不影响正常经营。

疫情阻断了面对面，但12348公共法律服务热线一直都在！

2月18日，结束了居家隔离，19日正式返回岗位。

三

人物：安小红

职务：宁夏12348公共法律服务热线值班律师

经历：2月2日，从西吉返回银川，自行居家隔离14天，是宁夏12348热线平台春节后第一个返回银川的值班律师。

当时全线公交客运停运，从家到固原火车站，我一共经过了4道关卡，不断地填表登记、测体温，幸好在开车前10分钟上了车。

2月2日晚7时，到达银川火车站。因从区内回来，社区工作人员告知需要自行在出租屋居家隔离。隔离期间，仍然值守热线。

“我从内蒙古来银川送孩子上学，一下高速就被交警送到我住的出租屋进行居家隔离，他们这样做有没有法律依据？延期开学，视频授课会不会耽误孩子学习？”2月5日，值夜班接到咨询电话，对方情绪激动。

我先稳住对方情绪，并告知对方社区这样做是合法的，符合《突发公共卫生事件应急条例》有关规定。为了自己和家人的安全，为了不给抗疫一线的工作人员添麻烦，应积极配合社区工作。

自己虽然不能像医务人员和基层志愿者那样服务在抗疫一线，但时刻牢记自己的党员身份。之所以要在2月5日赶回银川，就是想到比起区外的同事，自己算是距离银川最近的。非常时期，早一刻赶回，热线平台就能多一名随时待命的律师，就能为疫情防控尽自己的一份力量。

期待春暖花开，我们一同摘下口罩去踏青，沐浴春天温暖的阳光。

静待花开

“同学们，下课。”我关掉显示着电子感应定律习题的窗口，揉揉发涩的眼睛，懒懒地趴在书桌上。

这是上网课的第四周了。对网课这一新的教学方式的热情早已随着长久盯着屏幕的不适消耗殆尽，只剩下麻木接受知识点和机械且按部就班地完成作业。

中午的阳光热烈地扑向空无一人的街道，搂着柳枝，偎着清风，肆意展示自己的自由与快乐。我不喜它的张狂，一把拉上窗帘，呈“大”字状躺在床上，惨白的天花板空无一物，空得让我心慌，我的热情与目标似乎也躲入了这无情的白色中，脑中一片混沌。

此时，我无助地蜷缩在床脚，偌大的房间仅我一人，对母亲的思念和失去目标的彷徨将我拖入无边的黑暗，一点一点吞噬着本就摇摆不定的信念。疫情将人关入房间，亦将昔日的意气风发、斗志昂扬关入牢中。我陷入迷茫和徘徊的窘境。

我进入一个透明的球中，飞过悠悠黄河，飞过葱茏秦岭，飞至荆楚大地。无数白衣战士在那片土地上忙前忙后，在病床前安慰病患，在休息室中摘下口罩，露出满是红印的倦容。他们中间，有父亲，有母亲，有青年。我顺着电话，找到了他们的家人。

他们中，有哇哇大哭着喊“妈妈”的稚子，有眉头深锁突然絮絮叨叨的丈夫，有泪流满面忧心忡忡的母亲……他们承受着更难熬的担心与思念，但依然在家做好该做的每一件事，积极响应国家号召，虽对所爱之人有着绵长汹涌的爱，但不阻拦他们为国效力。

武汉的土地上涌动着一股“同心齐力、同气连枝”的无形气流，金鸡的全身隐隐向外溢出火光，溢出信念，发出的光芒让我难以睁开眼睛。

天花板的颜色在我眼前清晰起来，我缓缓坐起，仔细回味着那金光闪闪的梦。

推开窗户，大口呼吸着被阳光烘暖的空气，蓝莹莹的天空使我平静。

既来之，则安之。疫情打不垮我，也击不败武汉，更撼不动蓬勃发展的中国。我望着书桌，暗下决心：就算不能“仰天大笑出门去”，但“我辈岂是蓬蒿人”？在家仍需自律，才不负在疫情一线奋战的医者。终有一日，我也可以像他们一样，守护我所深爱的这片热土。

我坐回书桌前，打开书本，书香一下与我撞个满怀，等到春天的花开了，不知哪个更香？

银川一中高三（10）班　杨语馨

第二部分

书信篇·两地书

等我平安归来，以后的日子我照顾您

亲爱的妈妈：

今天是我来湖北的第5天，工作慢慢步入正轨，原谅我决定去支援武汉的时候没有告诉您，我是怕您担心。当知道我要来湖北的时候，您没有一句责备的话，只有五个字——“妈妈支持你！”从我呱呱坠地开始，您就开始为我操劳了，在我的印象中，您不善言谈，总是默默无闻地出现在我的身后，无微不至地照顾我，从来没有一句怨言。

因为我是一名军人家属，生完孩子后，您又肩负起帮我照顾小孩的责任。我现在上班了，您本应该享福，却为了我的孩子又开始操劳。您觉得我工作累，总是帮我把家里收拾得干干净净，我下班回到家总能吃上香喷喷的饭菜。我们的老家在陕西，我的工作在银川，就这样，您带着小孩从银川到西安、从西安到银川来回奔波，为此整整坚持了四年！

“这世上哪有什么岁月静好，不过是有人替你负重前行。”感谢您为我们守住小家，我和爱人才可以为岁月静好贡献自己的一份力量。我们不是生而无畏，而是对生命懂得敬畏，有我们在，没有打不倒的病毒！最后我想说，母爱是无私的，是用金钱买不到的，谢谢您！现在，我的孩子也长大了。妈妈，等我平安归来，以后的日子里我来照顾您！

您的女儿

2020年2月1日于湖北宜城市人民医院

（银川市第一人民医院　卫夏利）

等疫情结束，我们一起去旅行吧

妈：

“妈，我去支援湖北了，您别担心我，我会好好照顾自己的……”领导在，不方便打电话，说完我立刻挂掉了电话。我是下飞机的那一刻才打电话告诉你们我来湖北的消息。

今年是我第三年没有回家过年了，原本计划今年回家，可是疫情的出现打乱了我回家的计划。

每天看着新闻，感染的病人从几十个增长到几百个、几千个……看到医护人员那么辛苦，我只能在被窝里偷偷掉眼泪，但心里已经有了自己的一些想法。

大年三十那天，您打电话说：“娜，最近这个病传染得很厉害，你们医院有没有啊？你可要注意啊。每天要好好吃饭，可不要减肥啊，你可不要去接触那些病人……”我当时很肯定地告诉您，我才不会去接触那些病人，我肯定躲得远远的。可是，您肯定没有想到，我有多勇敢，我主动报名来湖北支援了，知道您肯定不会同意，所以，我下飞机后才告诉您。

自从来了湖北，您隔一小时发条信息，打电话，发视频，不停地联系我。问我吃了没，饭好不好吃……连平时不善交流的爸爸，每天都发消息问我状况，让我有什么事别告诉妈妈，给爸爸说。您还说，这次回家一定要催我赶紧结婚，就是因为平时一个人，没人管着我，我才想干嘛就干嘛。等我有了家庭，有了孩子，看我还会不会乱跑。

即便您担心我，但心里还是挺为我自豪的。平时自己一个人过马路都害怕的我，没想到现在这么勇敢，我是不是很棒？

自从我走后，您每天都关注着新闻，学习怎么防护，然后告诉我，应该注意这个，注意那个，我笑着说您都快成专业人员了。我知道，您是担心我。

你们放心吧，我肯定会好好照顾自己，每天吃饱喝好，休息好，保护好自己，然后安安全全回家。

告诉老爸、老妹，等这次疫情结束了，我们一起去旅行！

你们的娜

2020年2月1日于湖北宜城市人民医院

（银川市第一人民医院　高　娜）

这场没有硝烟的战争结束后，
我一定找个好人嫁了

爸爸、妈妈：

好久不见，也好久没有给你们写信了，想想我都已经3个月没回家了。本来说好春节要回家的，我又食言了。我知道您二老一早就盼望着我春节回家，非常抱歉在这个阖家欢聚的日子里，不能回到你们的身边。

我是一名医生，突如其来的新冠肺炎疫情，让我深感身上的责任感和使命感，所以我放弃了休假，决定跟随医院援鄂医疗队到疫情一线。

爸妈，我永远忘不掉视频告诉你们我的决定时，你们脸上浮现出的震惊及不知所措，还有眼睛里的泪花。你们要照顾好自己，照顾好奶奶，做好自己的防护。不用担心我，我和我的战友们一定会

打赢这场抗疫战斗，平安地回到你们身边。我向你们保证，等这场没有硝烟的战争结束后，我一定找个好人嫁了。

爱你们的娟娟

2020年2月1日于襄阳市中西医结合医院

（固原市人民医院　张娟娟）

我很好，想你了

老公：

一时间我竟不知该对你说些什么。在这些天里我忙忙碌碌地上班、下班、消毒、洗澡、吃饭……不知不觉已经整整10天了。觉得每天过得太过匆忙，又想让时间走得再慢些，让我再回到10天前，看看父母，看看你，看看孩子……

2020年1月27日，在上小夜班的我接到支援湖北、抗击疫情的通知。虽然在此之前心里已有准备，作为一名党员，作为一名呼吸科的医务人员，我责无旁贷，但真正接到通知时，我却不知所措。不是因为害怕，而是我不知该如何向家人开口，向你开口。孩子还小，你工作繁忙，我们对家里已然亏欠太多。爸爸了解我，他懂既然我下定决心，必然前行。可是你，我真的不确定，所以我就先告诉了两位父亲，奈何时间太紧急，我只能边上班，边让爸爸帮忙买洗漱用品、整理行李箱，并试图让爸爸向你转达。

我记得大概忙到7点30分，你打来电话，问什么时候来接我下班，当我还在忧心你是否会阻止我的时候，你说你已经到了。我看时间是8点10分，小伙伴估计看出了我的焦急，她让我早点下班，她守着病房。走出医院大门时，回头看去，“吴忠市人民医院”七个大字，在灯光的映照下显得格外鲜红，真的能照入人心。坐上车后，我俩都默不作声。

回到家里，阳阳最先跑到我面前，要我抱抱。抱起孩子，看到他天真无忧地冲着我笑，那一刻我虽幸福却也心酸难忍……再看看你红着眼睛转身去为我整理衣服，那个时候我就知道自己狭隘了，我低估了一个医务工作者家属的内心。第三天我从爸爸口中得知你知道我登机的时候哭得像个孩子时，我想你是彻底释放了心中的难过。你是不是特别想问我哪来的自信啊？我的答案是：“你给的！”

从第三天起，你每天早晚都会发微信提醒我注意安全，注意防护。我知道你的担忧，但我更加明白，我是妻子，是妈妈，是女儿，是护士。我一定会做好自我防护，照顾好自己，尽我所能照护患者，与襄阳市医务工作者共同抗击疫情！

你的老婆

2020年2月6日于襄阳市中心医院

（吴忠市人民医院呼吸科护师　马振荣）

不要担惊受怕，不许偷偷流泪

妈：

今天是个特殊的日子，是正月十五元宵节，是一年中第一个月圆之夜。今年的元宵节与往年大不相同，宜城市的街道行人较少。在这个热闹喜庆的日子，寂静得连鞭炮和烟花都看不到，整座城市仿佛陷入深深的沉睡中。

想必你在银川也是相同的情形，在这个团圆的日子里，我不能陪在你身边，只有狗狗和你做伴，你一定很孤单吧。还好我有先见之明，离家前就买了汤圆放进冰箱，不过我猜你今天一定没煮着吃。

我在这里一切安好，工作的时候十分认真，防护流程做得很到位，绝不马虎。我现在是一个肩上能扛得起责任的小战士，早已不是从前那个迷迷糊糊的小女孩了。您放心，别再为我担惊受怕，我在这里吃得饱，穿得暖，当地政府、医院和市民对我们很照顾。今天的晚餐特意为我们准备了汤圆，还是我最喜欢的黑芝麻馅，心中觉得很是温暖。

你在家中要照顾好自己，没事少出门，如果出门一定要戴好口罩。三餐一定要按时吃，每天记得开窗通风，晚上不要熬夜，尤其不准偷偷抹眼泪。还是那句话，你安好，我在前线才能全身心投入工作，才能没有后顾之忧。花好月圆人团圆，暂且舍弃我们的小家，等疫情过去之后，我回家和你一起煮汤圆。

女儿

2020年2月8日于湖北宜城市人民医院

（银川市第一人民医院血透室　胡　莹）

你永远是我手心里的宝

丹丹宝贝：

这是妈妈第一次给你写信。

今天是妈妈离开你驰援湖北抗疫整整十二天的日子，也是正月十五闹花灯、吃元宵、阖家团圆的日子。一大早，妈妈就收到了你给妈妈画的画，还有语音祝福：

“妈妈，祝你元宵节快乐，身体健康，工作顺利。妈妈，我等你回来吃元宵。妈妈，多保重自己。我想你啦，妈妈！”你的祝福妈妈都收到了，妈妈很喜欢，很开心！妈妈也十分想念你，想念全家人，提起笔来却不知从何说起，满眼泪水……

大年初三，医院发出紧急通知，妈妈没有犹豫第一时间就报了名，也没有跟家里商量，更不敢告诉你。当接到医院的正式通知后，我给爸爸打了电话，爸爸毫不犹豫地说："你放心去吧，家里有我！"我和爸爸都是医务工作者，又都是共产党员。医者仁心，职责所在，共产党员更要敢于冲锋！当天晚上妈妈去看望你和姥姥，你抱着妈妈哭了许久，不让妈妈走，因为你从来没有离开过妈妈。现在的你还不太懂妈妈为什么要去湖北，外面究竟发生了什么事，你只知道妈妈是在照顾一些生病的人……

丹丹宝贝，妈妈走之前你刚刚满7岁，在妈妈眼里你一直都是个乖巧懂事的好孩子，妈妈也谢谢你对妈妈的体谅！来到湖北的这些天，我们感受到了湖北人民的热情，其实我们能做的很少，可是他们却把我们都当成了英雄，你应该为妈妈感到骄傲和自豪吧！你已经是一名一年级的小学生了，你的任务就是好好学习，天天向上。希望在这段时间里，你能够学会独立、坚强、勇敢，照顾好自己和姥姥，学会合理安排自己的时间。未来的路还很长，也会更加艰辛，妈妈想说，让我们一起努力，好吗？

少年智则国智，少年富则国富，少年强则国强。你之前跟妈妈说，长大后，你也想做一名白衣天使，想和爸爸妈妈一样。妈妈相信终有一天你的梦想一定能够实现！今天，你们是株株幼苗，在学校这片沃土上茁壮成长；明天，你们便是国家的栋梁。最后再说一句：你永远是妈妈手心里的宝，祝愿你健康快乐地成长！

爱你的妈妈

2020年2月8日于湖北宜城市人民医院

（银川市第一人民医院　刘　霞）

妈妈想做你的榜样

小五月：

今天是2020年2月13日，小五月已经出生一年九个月零四天了，离最后一次抱你，已经23天了，妈妈很想你。

年前给你买了新衣服、新鞋子，还有大红灯笼，准备跟你一起过个热热闹闹的年。可是，就在这个时候，有一个叫“冠状病毒”的坏蛋，它在欺负其他的小朋友，伤害了许多哥哥姐姐、叔叔阿姨、爷爷奶奶。只有妈妈，还有跟妈妈一样的“白衣战士”才能打败它，所以，为了保护你，保护身边的人，妈妈只能趁着你睡着，带着依依不舍的爱偷偷离开你。

2020年1月23日，妈妈进入负压病房。从那天开始，确诊病例从1个变成60多个，为了减少感染概率，妈妈和阿姨们义无反顾地剪掉了心爱的长发，每四小时轮换进病房，穿着密闭的防护服，在病房里工作，为患者诊疗和护理。每一班上完，从头发到鞋袜，湿淋淋的全是汗，鼻梁和脸上全部是口罩压出的深深的印记，几天下来，皮都破了。双手长时间戴着手套，滑石粉进入毛孔，皮肤过敏、起疱、破溃、结痂……

在这里印象最深的是一个确诊的叔叔，妈妈去查房的时候，他总是闷闷不乐，送的饭也原封不动地放在那里。妈妈问他为什么这样，他说他和妻子都确诊了，留下3个孩子在妇幼保健院隔离观察，最小的才45天，说着说着就哭了……男儿有泪不轻弹，作为孩子的父亲，他已在病中，还担心自己的孩子，怕他们像自己一样患病，因为他们还都那么小，就离开了爸爸妈妈的保护。妈妈拉着他的手对他说："越是这样的时候，你越要坚强，要好好吃饭、好好休息，保持乐观的心态，只有这样，才能早日康复。治病救人的事，有我们呢！妇幼保健院的医护人员都是专业的，她们会像疼爱自己的孩子一样疼爱你的孩子，所以你放心！"那个叔叔感激地握着妈妈的手说："医生，你快出去吧，别在这里待太久，快出去吧！"妈妈怀揣着这份感动，继续去看其他病人，真希望病房里的每一个病人都能早日康复，早日与家人团圆。

小五月，你知道吗，妈妈偶有空闲的时候都会看你的照片，从你出生到现在，妈妈以前每天上班忙忙碌碌，从来没有认认真真地这样看过你的变化……妈妈希望通过所有人的努力，赢得这场战争的胜利，让所有爸爸妈妈都能跟自己的孩子团聚。虽然妈妈一个人做不了什么，但是全国的"白衣战士"和所有为这场战争付出一切的人团结在一起，一定能打胜仗。也希望小五月乖乖听话，让姥姥姥爷不要那么辛苦。妈妈在这里一切安好，工作的时候十分认真，防护流程做得很到位，很安全。妈妈的朋友发来信息说："以前非常不理解你为什么会选择医生这个职业，现在你的勇往直前让人敬佩！平常那么不着调的你，此时此刻像个真正的勇士！五月娘，等你凯旋！千万注意安全，好酒好肉等着你！”在姥姥、姥爷和妈妈的朋友眼里妈妈还是个孩子，现在却是一个肩上能扛得起责任的战士了。

原本再过四天妈妈就能回家抱着你了，但是昨天妈妈又写了请战书。虽然目前在接受医学观察，但是一线的医生人手不够，作为医生，妈妈一定要再次进入病房和同事们并肩作战。多一个人多一份力量，也多一份胜利的希望。妈妈有时候也会怕，若遇不测，妈妈的五月怎么办？姥姥、姥爷怎么办？其实谁又不怕呢？面对未知的挑战，谁心里不慌呢？但是这场考试，只有我们披荆斩棘才能找到答案，我们必须认真做好医务工作者所能做的一切！所以，妈妈不能马虎，不能低头，要认真、要坚定！希望可以给小五月做个榜样！

妈妈在这里很好，妈妈就是担心你、担心家里人。不知道你手上和身上的湿疹好些没有，药膏涂上管用不管用。希望你们照顾好自己，没事少出门，如果出门一定要戴好口罩，三餐一定要按时吃，每天记得开窗通风，勤洗手，晚上不要熬夜，等疫情过去之后妈妈就回家和你们团聚。

想你的妈妈

2020年2月13日于宁夏第四人民医院

（宁夏第四人民医院综合内科医师　郭　蕾）

用自己的方式回报这片热土

爸、妈：

见信安！这是第一次用这样的方式与你们交流，坐在这里，望着窗外空旷的街道，感觉自己像极了战争年代的一名小战士。当然，我是没办法与枪林弹雨里浴血奋战的革命先辈相提并论的。所幸，我是和平年代的医务人员，也可以用自己的方式回报这片热土！

虽然我还不是党员，但是我对中国共产党一直充满了向往，我会用实际行动践行我的梦想。就这样，凭借过硬的医疗业务能力和踏实的工作作风，我成为宁夏回族自治区人民医院第一批赴鄂驰援医疗队中的一员。

抵达武汉的那天，望着空旷的机场，车辆很少的马路，我很受震动。

我会想念家人，我想让你们知道我在这里很好很安全，我会和所有奋战在一线的人员一起保护好我们的同胞！请你们放心。

来襄阳的第一天，我把《入党申请书》递交给了医疗队联络员。

这场疫情对这片钟灵毓秀的大地造成了一定的创伤，需要有人使它恢复往日的繁华。我想，也只有共产党员站出来为这个国家奔走，才能在任何时候都不会被拒绝！所以我提笔写下了我的入党申请书，希望自己能够加入党组织，能够在国家需要的时候，第一个站出来！

爸、妈，等我凯旋！

女儿

2020年2月13日于襄阳

（宁夏回族自治区人民医院　翟谦倩）

你是妈妈的守护神

亲爱的小宝：

第一次和你用写信的方式来沟通。臭儿子，转眼妈妈离开你已经九天了，妈妈很想你，心里有说不出的想念，从你出生到现在，这是我们分开最久的一次。你送妈妈离开的那一天，好几次眼泪都在眼眶转，妈妈都看到了，知道你在强忍着。因为你说自己是一个可以保护好妈妈的男子汉，是妈妈的守护神。

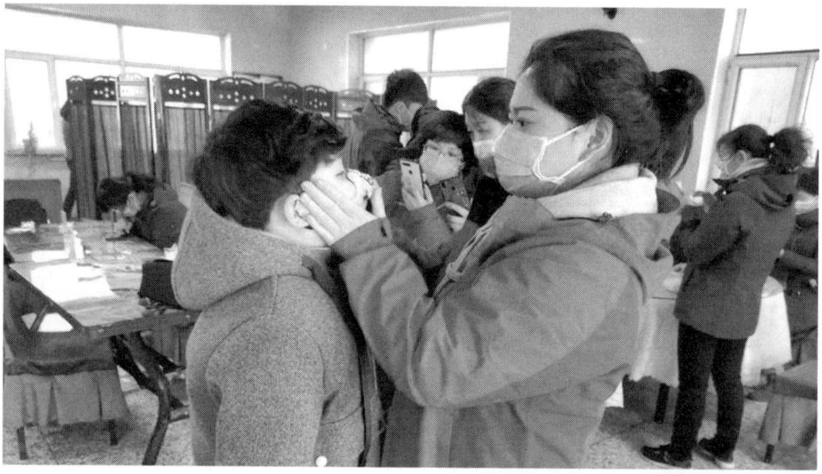

从离开你的那一天开始，你每天都像一个小闹钟准时准点地给妈妈发视频，还一遍遍地告诉我注意防护，好好吃饭别减肥。像一个小老师，嘱咐我多一点爱心、多一点理解去面对每一位患者。听到你说这些话，妈妈很惊讶，觉得这不像是一个九岁孩子能说出的话，又很欣慰，因为我的小宝长大了。妈妈在这里一切安好！

在这里妈妈也有很多话想要嘱咐你。第一，妈妈希望你养成文明的习惯，砥砺品德，感恩他人，超越自己。立德是立身之根本，恰似大厦的基础、河水的源泉，必须从一开始就固本强基、正本清源。考分低，犹可追；品德低，难挽回。凡事多克制自己，但是克制仅仅是治标，学会感恩才是治本，因为只有当你能够清楚地明白自己没有任何权利要求别人，生活中的点点滴滴皆须感恩时，你才会获得不断超越自己的前进动力，成为一个善于“化抱怨为快乐、变借口为方法”的阳光男孩，在感恩他人与超越自己的良性循环中发现世界原来如此美好！

第二，妈妈希望你保持锻炼的习惯，强身健体。身体不行，一切为零。没有健康，任何雄心壮志都是空谈。从小你就对体育不太感兴趣，每天都是妈妈陪着你一起，现在希望你能继续坚持。

第三，妈妈希望你保持阅读的习惯，既读有字书，更读无字书。在信息全球化的21世纪，知识不只是力量，更是打开力量引擎的开关。妈妈希望你能将学以致用作为根本目的，在自觉学习、主动学习中发现科学的学习方法，提高学习能力。同时，妈妈希望你不仅能“读万卷书”，更要能“行万里路”。“一心只读教科书”的“书呆子”不可取，“家事、国事、天下事，事事关心”的人才会获得成长的真

正力量!

学习之外，你也要经常跟爷爷奶奶、姥姥姥爷打电话，知道了吗？你来负责做我们家里的监督员好不好？督促他们在家锻炼，按时口服降压药物，多吃水果蔬菜——每天做好通信工作！妈妈相信你会做得很好。

最后希望你对世界和人生有正确的认识，做你喜欢且有价值的事，过快乐的生活。只要你做的是有价值有意义的事，爸爸妈妈一定支持你，帮助你，也相信你一定会获得你想要的。

爱你的妈妈

2020年2月19日夜于襄阳

（宁夏第五人民医院重症医学科　王　晶）

我们有一个约定

致我家的两个男人：

嗨，轩哥（平时对儿子的昵称），离开你已经一个月了，甚是想念，妈妈也知道最近的你有了点小情绪，但是妈妈相信你定能克服，妈妈想让你做一个有担当、有责任感、有能力帮助别人的人。现在知道妈妈为什么让你去学泰拳了吗？泰拳就像生活，有些拳头注定是要挨的，就像生活中有些事情注定是你要面对的。妈妈之所以给你报那么多特长班，是想让你以后有能力选择自己喜欢的工作，而不是被迫谋生。在学习方面，妈妈希望你学到的不只是知识，还有思想和方法，清华北大只是过程，不是目的，人生就像射箭，梦想就像箭靶子，如果连箭靶子都找不到，每天拉弓有什么意思。妈妈不在的这段时间，你要一如既往地爱爸爸和妈妈哦，一如既往地坚持阅读，坚持学习。

亲爱的老公，好像从来没这样称呼过你，今天就矫情一次吧。这段时间你辛苦了，又当爹又当妈。转眼我们已经离别一月有余了，离别时的场景还历历在目，没有拥抱，没有过多的交流，最多的嘱咐是保护好自己，安全回来。不是不想拥抱，是怕自己不争气的眼泪会流下来，怕你的拥抱太温暖，我会退缩，怕拥抱后我们从此没有了期待，不想拥抱变成回忆，记得我们彼此欠对方一个拥抱哦。你知道吗？为了防护我每天上班头都被勒得疼痛欲裂，就像戴上金箍一般。现在我们已经取得了阶段性的胜利，等到全面胜利的一天，头上的金箍自然就没有了，到时我就可以肆无忌惮地去爱你。老公，等这场疫情结束后，我们约定再来武汉看看，看看这座充满活力的英雄城市。在前线的日子里，生活和工作没有想象中的苦和难。各级领导对我们的生活都很照顾，病患对我们的到来也很感激，所以不用担心。待春暖花开时，我们尽情地拥抱，去实现我们的约定。

家里的女主人

2020年3月1日

（中卫市援助南漳县医疗队队员　拓守娟）

疫情结束嫁给我

萍儿：

在我出发时，你这样告诉我："结婚是小事，救人是大事，你去吧，我在后方支持你。但病毒凶险，你一定要保护好自己。"

电话那头，你的声音已经哽咽了。

我也强忍住泪水："不用担心我，保护好自己和家里人，等我回来。"

本来计划3月12日在老家举行婚礼，所有结婚事宜都已准备就绪，可是新冠肺炎疫情突然来袭，我主动报名，到一线去守护祖国和人民。当看到自己的名字在医院第四批援湖北医疗队队员名单里时，内心非常激动。在夜以继日地培训各项操作及防护流程并考核过关后，我所在的宁夏第六批援湖北医疗队二队进驻武汉市中心医院后湖院区，全面接管发热四病区。值第一个大夜班时，在不熟悉系统、不熟悉流程的情况下，通过上级医师的指导，把一个危重型新冠肺炎患者顺利转入ICU，由此开启了我在武汉抗击疫情的工作。

3月3日，是我31岁生日，感谢张彦杰领队，感谢我们的后勤大管家彭丽，为我准备生日惊喜，让我终生难忘。我从未对深爱着的你做过一次表白，今天，我愿意对你说："亲爱的，待疫情结束，嫁给我可好？"

你的涛哥

2020年3月4日于武汉市中心医院后湖院区

（宁夏回族自治区人民医院　李　涛）

春暖花开去踏青

留守在家乡的战友们：

你们好！

来这边已经20多天了，有些想念留守在家乡骨科神经外科的你们了。

因通知紧急，准备仓促，我匆匆登上了前往武汉的专机，没来得及和你们一一道别，抱歉哦！到达对接的枣阳市第一人民医院后，枣阳市委领导和医院领导看望了我们，询问我们各方面有什么困难，也对我们不远千里支援枣阳抗击疫情的精神给予了赞扬。我们入住指定的宾馆，分发随飞机带来的物资用品，进行了严格的理论和操作培训，并在考核后于1月31日进入病房工作。

初进隔离病房时，面对病人，刚开始真的有点担心，护士长和老师们对我们很友善，讲解工作流程、防护措施等，一下子消除了我们之间的陌生感。在隔离病房里，穿着厚厚的防护服，老师们总是关切地问有没有哪里不舒服，而我总能够坚持和她们一起走出隔离病房。

护士长排班也很人性化，保证大家能充分休息好。

生活上，枣阳市政府、医院领导给予了我们最好的照顾，一日三餐换着花样做，保证膳食均衡，我们过了一个不一样的元宵节，吃上了甜甜的汤圆。还有家乡的父老乡亲，给我们援助各种生活用品：房间里冷，送来了电热毯和“小太阳”；为提高免疫力，给我们送来了牛奶和蛋白粉、各式水果等。特别是我们的总领队“郝妈”和联络员“王爸”不辞辛劳，奔波在每一个宁夏援湖北医疗队之间，送来家乡的“羊杂”和“手抓”。

近日，自治区党委常委、宣传部部长李金科，自治区卫生健康委巡视员赵正生和枣阳市刘国清市长一同来到宾馆慰问了我们，对我们的无私奉献精神给予了高度赞扬，希望我们继续发扬大爱无疆的精神，不怕苦、不怕累，打好疫情防控阻击战。我们还收到了石嘴山市卫生健康委党组书记、主任蒋宁生的慰问信，信中鼓励我们：“你们毅然逆行到最严峻的战场，以行动践行初心，以实干诠释使命，全市人民牵挂着你们，希望你们确保自身安全，做好防护，全面完成任务，早日凯旋。”

亲爱的留守在家乡的战友们，在湖北，在枣阳，我不是一个人在战斗，有我们团结一心的15名战友，有奋战在一线的医务工作者，有各级领导，更有家乡的你们，疫情隔不断的是爱，我在他乡挺好的！放心吧，等再见到你们，等春暖花开时，我们相约一起去踏青！

杨桂红

2020年2月18日于枣阳市第一人民医院

（宁夏第五人民医院护理组　杨桂红）

“白衣天使”对“火焰蓝”的表白

亲爱的老公：

谢谢你这些年来对我的关心和照顾。从校服到婚纱，这大概是最美好的爱情。我们有开心有烦恼，有平淡有激情，从二人世界变成四口之家。你是一个好丈夫、好父亲，儿女的到来给我们的生活带来了新的希望。人的一生可以爱很多次，但能执子之手、与子偕老的只有一人。也许你的笑脸不够阳光灿烂，但足以为我扫清冬日阴霾；也许你的双手不够温柔，但足以为我拂去生活的尘埃。

大学毕业后，你义无反顾报名参加了宁夏消防现役部队，远离家乡来到固原，一无所有，我毅然决然地选择跟着你，哪怕吃再多的苦我也愿意，你给予我太多的珍贵回忆。直到结婚整整8年后，我们终于拥有属于自己的家，再也不用租房子了！

昨天，你和你的战友给了我莫大的惊喜，襄阳市消防支队全体指战员为我们医疗队的姐妹们提前送来了国际劳动妇女节的礼物，

这是一个特殊的让我始料不及的礼物。一句“嫂子，节日快乐”，让我潸然泪下，也让我为身边有一位消防男儿感到骄傲。在这个和平年代，每当有灾难来临的时候，你们永远是冲在一线的，总是把个人的安危置之度外，把人民的生命财产放在心上，哪里有危难，哪里就有你们的身影。无论是火灾还是生活中遇到的小麻烦，消防员都会站出来帮助我们，在这次没有硝烟的战场上，更是给我带来了帮助和关爱。这身“火焰蓝”穿在身上，是最帅的。

你们送给我们满满的惊喜和感动，作为消防员的家属，我感受到了钢铁一般的力量，也感受到你的坚定，那份坚定远远超越了儿女情长。逆火前行的消防救援人员是可敬的。从1月28日我加入宁夏第一批援湖北医疗队来到襄阳，你一直担心我的身体，总是给我发微信说：“照顾好自己，这个家有你才温暖。”

可是今天，我想对你说：我从来不曾后悔嫁给你，你是最可爱的人，不仅仅因为你是我的老公，还因为每个消防指战员都是这样英勇无畏。愿你们注意安全，有你们的相伴，我们在前进的路上才会更加坚定。胜利就在眼前，等我们战胜疫情，定会平安归来。

你的爱人

2020年3月8日于航空工业襄阳（364）医院

（宁夏回族自治区固原市人民医院　邹礼丽）

湖北有你们，家里有我们
——致大武口区赴湖北医疗队全体队员的一封信

尊敬的各位队员：

你们积极响应党中央的号令，义无反顾地支援湖北，支援武汉，到病人最需要的地方。你们是最美的“逆行者”，你们不忘初心、牢记使命，是令人感佩的负重人，彰显着“敬佑生命、救死扶伤、甘于奉献、大爱无疆”的精神，展示着冲锋在前、无所畏惧的牺牲精神。你们是新时代最可爱的人。

国是千万家，家是最小国。湖北有你们，家乡放心；家里有我们，请你们放心。请把照顾家庭的任务交给我们，让我们代替你们担负起照顾家人的责任，尽力弥补你们出门在外给家庭带来的不便。无论是照顾老人生活，还是督促孩子学习；无论是买菜，还是换煤气，有困难、有需要，请你告诉我们，由我们来做，你们的需求，就是我们义不容辞的责任！大武口区30万家乡人民是你们最坚强的后盾！

你们是冲在疫情防控第一线的中流砥柱，你们夜以继日、连续奋战，请你们加强防护、有序轮休，继续保持昂扬斗志、旺盛精力，投入抗疫斗争。纸短情长，伏唯珍重。期待疫情早日消散，期待你们平安健康，期待你们早日凯旋。

我们都相信，有你们这些白衣英雄，武汉必胜！湖北必胜！中国必胜！

让我们一起在熟悉的贺兰山下，星海湖畔，迎接一个静好的春天。

大武口区应对新冠肺炎疫情工作指挥部

2020年2月24日

田炜宁与女儿的两封“战地家书”

亲爱的爸爸：

您好！从来没有想过我们会有机会用这样的方式进行沟通。自疫情暴发以来，您就一直坚守在医院的岗位上没有回过家。医院是抗疫的主战场，医生是抗疫的主力军，身为医生的女儿，我完全理解您并为之感到自豪。那天您告诉我您要去襄阳参加援湖北医疗队，我的心里开始不解、担忧、感动、自豪，百感交集。今天给您写下这封信，表达我内心对您深深的爱。

今年的春节不同寻常，本以为我们一家三口会像往年一样在一起其乐融融，享受新春佳节带给我们难得而又奢侈的团聚时光，可没想到一场疫情毁掉了这一切。我和妈妈在家看着新闻上确诊病例越来越多，恐慌的同时，想到您还带着受伤的手在医院夜以继日地忙碌着，我和妈妈便整日为您担心，我们期待这场疫情早日结束，我们一家能够早日团聚。

2月10日是您的生日，我和妈妈为您过了一个特殊的、没有主人的生日——我们在家默默祝福您身体安康，早日战胜疫情。2月11日，您突然告诉我们您主动申请参加宁夏第三批抗疫救援队，第二天将带队赴湖北襄阳进行定点援助时，我才第一次深深感受到这场战争的严峻性。我原本以为只要我像其他人一样戴好口罩宅在家里就是对国家做了最大的贡献。但现在不同了，我和妈妈必须坚强起来，全力以赴地支持您。我们此刻多了个身份，那就是赴湖北抗疫人员的家属，您的坚强后盾。家国难两顾，忠孝难两全。那天一大早您带队从医院直奔机场，我和妈妈去送您，我们一家三口时隔多日再相聚，却只在机场匆匆一见您就又赶赴抗疫战场。那一刻，我含着眼泪望着您离去的背影，您的伟大、您的无私、您的高尚充斥着我的内心，您能为疫情严重地区的病人贡献自己的一份力量，履行一位医生的责任，我们全家以您为荣。

“吾辈岂是池中物，一遇风云便化龙。”在全国人民众志成城抗击疫情的关键时刻，您用行动诠释着一个医务工作者的使命担当，您用实际行动教育着我何为家国天下。为众人抱薪者，必为人民所铭记，我很骄傲在祖国人民需要的时候，那一个个“最美的逆行者”中有我的爸爸，而身为您的女儿，这将是我一辈子的骄傲和自豪。

“苟利国家生死以，岂因祸福避趋之。”身处抗疫前线，我们深懂您的不安与牵挂，请您放心，我和妈妈会照顾好自己，也请您一定对自己好点，认真做好防护。待到春暖花开时，等您凯旋，我们将阖家团圆，欢笑融融，共享祥和！

同心坚守，共筑安宁，所求所念，皆能如愿！祝安好无恙，我们在家等您！

您的女儿凯怡

2020年2月18日

亲爱的女儿：

你的来信已收到。我在襄阳工作的每一天都十分紧张忙碌，可闲暇之余每每想起你和你妈妈，心里都十分感动和温暖，你们是我的心灵家园和坚强后盾。我在这里一切都好，疫情形势正在向好的方面发展，出院的人越来越多，现在正是疫情防控的关键时期，“行百步者半九十”，相信我们很快就能够取得这场抗疫的最终胜利，请你和妈妈放心，我们一定平安归来，我们一家人很快将会团聚。

那日收到你的来信，爸爸十分欣慰，我的女儿长大了，懂得了家国情怀、民族大义，明白了何为担当与责任，何为职责与使命。你信中说我是你的骄傲，其实，爸爸也同样为有你这样的女儿感到自豪。

我和妈妈都是医务工作者，平日工作比较繁忙，近几年我又在外地工作，因工作原因对你的照顾相对较少，在你成长的关键时期，我没能给你足够的陪伴和关爱，反而对你要求甚多。爸爸一直心存愧疚，不求你原谅，但一定请你理解。医生这个职业，仁心立身，救死扶伤，职责光荣，使命高尚，一定要有大爱。如今你已经是大学生了，相信你能够理解爸爸的两难和不容易，体谅爸爸平日对你的严厉与望女成凤的心愿。

今年春节这场突如其来的疫情让我们失去了一段能够团圆欢聚的时光。但在疫情面前，身为医务工作者，能够尽自己的一份绵薄之力，将是我一生的荣幸，这段经历值得我回忆和骄傲后半生。在当下疫情蔓延的关键时刻，中华文明，同脉同根，我们有责任与湖北人民、襄阳人民站在一起，共克时艰，共渡难关。我们不是从天而降的英雄，只是挺身而出的普通人，爸爸选择做一名“逆行者”，没有觉得自己有多伟大，有多了不起，只是医生的职业精神就是如此。在生命面前，在危难之际，爸爸不过是万千医务人员中的一位，在用自己的所学做着力所能及的事情，这既是我们每一个医务工作者的职责所在，也是我们的使命担当，同时也是一位父亲向女儿展示榜样的力量，希望我今日的举动能够对你的人生成长有所启迪和帮助。爸爸相信你将来遇到类似的情况时，也一定会勇敢面对、挺身而出。

亲爱的女儿，再有两年时间你将从大学毕业走向社会，去创造属于你自己的人生，这个社会既美好又残酷，既温情满满又荆棘丛生。爸爸不期望你能够在自己的工作领域内取得多么傲人的成就，也不希望你为了金钱和名利抛弃你的初心和对艺术的追求，只希望你能够一直健康快乐，保持内心的本真，拥有一颗阳光、善良、正直、上进的心，有着家国天下、深明大义的思想，正如你在信中所言：“苟利国家生死以，岂因祸福避趋之。”你将来可能会成为一名教师，教书育人，传道授业，希望你在以后的人生中，坚强独立，做一个有温度的教育工作者。无论遇到什么困难与挫折，始终保持对生活的热情，有一分热就发一分光，展示人性的最大温情与社会的最美大爱。你说我是你的英雄，爸爸则希望我们能够成为彼此的英雄！

女儿，你还没有来过武汉，这里有美丽的樱花，有雄伟的黄鹤楼，还有好吃的热干面。襄阳，也曾是金庸大师笔下的大侠郭靖抗金的地方，等疫情结束，爸爸一定带你和你妈妈来看看这座英雄的城市。没有一个冬天不会过去，没有一个春天不会到来，我们一起期待冬尽春来，抗疫必胜。

立春已过，暖意将至，望疫情尽快解除，与我亲爱的女儿早日相聚！

爱你的爸爸田炜宁

2020年3月3日

（田炜宁，自治区政协委员，自治区第五人民医院院长、九三学社石嘴山市委会主委，宁夏支援湖北医疗队前方指挥部成员、医疗保障组负责人和宁夏第三批支援湖北医疗队领队。）

致宁夏医科大学总医院第三批援助湖北医疗队全体队员的一封信

尊敬的医务工作者叔叔阿姨们：

在疫情面前，你们逆向而行，赴湖北支援。在抗击疫情前线的你们，还好吗？

面对突如其来的疫情侵袭，你们以身赴险，支援湖北；面对自己可能被感染的风险，你们舍自己而为他人；面对与家人分别的不舍，你们弃小家而顾大家，为湖北群众送去宝贵的援助。或许在疫情面前，你们也曾紧张焦虑，甚至担心害怕，但你们并未被打倒，因为你们心里记挂着湖北百姓的安危，因为你们心里有必胜的决心和信念！

每当在新闻里听到你们因长时间没有休息而变得沙哑的声音，看到你们穿着厚重的防护服奔波的身影，我的心头就不由得沉重。因为有你们的辛勤付出，疫情才得以控制；因为有你们专业而贴心的治疗，一位位患者才有了明天的希望；因为有你们的奋不顾身，这个寒冷的

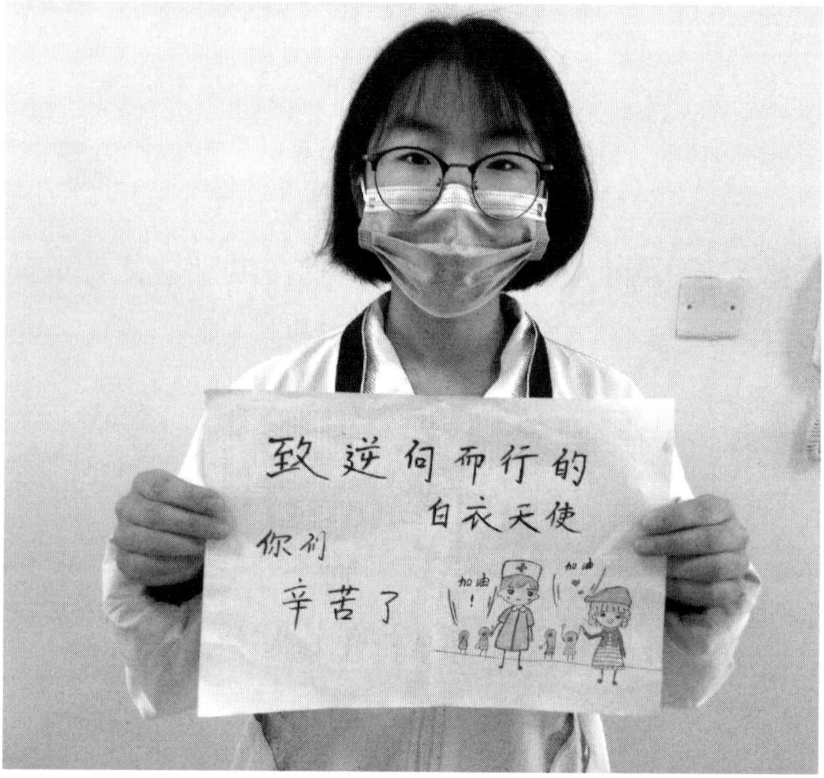

冬天又有了爱与温暖。有你们在，就有信心打赢这场仗。我想代表我的同学和所有家乡人民诚挚地说一句：谢谢你们！

还记得有次我深夜高烧不退，被老师和同学送到了学校附近的心脑血管医院。大夫脸上有着看得见的疲劳，但问诊检查依旧十分认真，敬业的态度让人赞服。看着急诊室里不停忙碌着的大夫，我心里不由得感动、心安。

“再度披甲赴襄阳，不灭‘新冠’终不还。”你们出发时雄壮的口号让我相信，兄弟省市的群众一定也会像我一样被你们的专业和热忱感动，期待你们顺利完成任务，平安归来！

有了党和政府高度重视、医务人员前赴后继、人民群众全力配合，我们是一定可以战胜这次疫情的。

作为一名高中生，这次疫情也让我对自己今后的人生之路有了更深刻的认识。人生一世，不能只为了自己而活。危难当头，需要有人像你们一样挺身而出，舍小我而为大家。我也愿意做像你们这样的人。身披白衣，胸怀博爱，以精湛的医术和高尚的医德，治病救人，传承无疆大爱。不论路途多么遥远，不管面对怎样的困难，我没有哪一刻比现在更加坚信自己的决定。有耕耘才有收获，尽管疫情当前，我们暂时无法返校，但学校已经在筹备利用网络展开教学，我自己也在利用假期积极学习，为实现自己的理想做更多的积累。我愿从今天开始，再出发，更努力，让更优秀的自己得以追随你们的脚步，在这条艰辛而光荣的道路上继续向前！

此时你们可能已经在抗击疫情的最前线开始工作了，虽然无法提供更多的支持，但我的所有老师、全体同学的心会一直和你们在一起。请你们一定也注意照顾好自己的身体，期待你们早日凯旋！

此致

敬礼！

宁夏六盘山高级中学高三（12）班学生　王静苗

2020年2月19日

一封几经辗转的信，被送到了宁夏医科大学总医院。

六盘山高级中学的学生每天都会观看《新闻联播》，让学生时时刻刻关心国家大事，关注身边的大事。疫情防控以来，学生们虽然在家，但是他们时时刻刻心系疫情。当得知救助过自己和同学的心脑血管医院的医务人员去支援湖北这一消息时，致力于学医的王静苗内心久久不能平静，她的情感终于在这封信里得到了暴发。

六盘山高级中学每年大概有150名学生报考医学院校，为宁夏医疗行业输入新鲜血液。

一封信，温暖了抗疫人员的心。

一封信，表达了社会的感恩心。

一封信，彰显了“00后”的爱国心。

一封信，坚定了学医心。

王静苗同学，祝你学业有成，为梦想努力！

愿六盘山高级中学培养更多的莘莘学子，为国家输送人才！

宁夏医科大学总医院全体医务人员，必将坚守岗位，全力参与疫情防控工作，守护宁夏老百姓的健康！

给白衣天使的一封信

亲爱的白衣天使：

你们好，我是二年级（6）班的一名小学生。这几个月来，发生新冠肺炎疫情，我们听到了很多关于医务人员的感人故事。为了我们大家，你们舍弃了小家，战斗在疫情的第一线。小时候，到医院看病，见到医生我就害怕，那时候你们是我心中的“坏人”，一看到你们，我就心惊胆战。今天，我明白了，你们是守护我们的白衣天使。我知道，我们班何益群的妈妈，还有好几个同学的爸爸妈妈都是医务人员，他们离开了自己的父母和孩子，为我们的国家做出了奉献。他们这种敢于奉献的精神就是雷锋精神。就像雷锋叔叔说的那样：“人的生命是有限的，为人民服务是无限的，我要把有限的生命，投入到无限的为人民服务之中去。”

祝愿何益群妈妈和所有的医务人员，你们在抗疫的第一线多保重、多休息，盼望你们平安归来。

此致

敬礼！

阅海四小　程维柏

2020年3月6日

苏建军，老婆等你凯旋

我的爱人：

我们是夫妻，在此刻我们更是战友。美满和谐的家庭，是我们每个人依赖的港湾，成为我们每一个人事业奋斗的依托。

护士是个特殊的职业，但我们家有两位，你我尽知白衣天使背后的苦累，每天重复着相同的内容，在苦中感受着呵护生命的快乐，不管工作有多累，我们总是相互倾诉和鼓励。

我们夫妻在各自的工作岗位上选择“逆行而上”，只因职责和使命，在这场没有硝烟的战场上，我们毫不犹豫地冲锋在前，选择并肩抗疫，舍小家为大家。在家庭生活中，我们夫妻互尊互爱，用自己的一份真诚和实际行动，努力实现着自身价值，营造家庭、社会和谐之美。所谓“平凡夫妻，历经风雨，相互扶持，成就最美家庭”。

1月28日，农历正月初四，原本我们商量好回老家看儿子和父母，本以为我们一家人会在一起其乐融融，享受新春佳节带给我们难得又奢侈的短暂团聚时光，可没想到这一场疫情打乱了我们所有的计划。知道你要去援助湖北，即使心中有再多的不舍，我依然支持你，我理解你的义无反顾，因为这是我们共同的责任。只是在送别的时候，我没敢去，对不起！我怕我会控制不住自己的情绪，会让你担心。

你去援助湖北已经整整30天了，这是我们结婚以来第一次分开这么长时间，我跟父母和儿子都很想你，同时又担心你。工作是不是很累？防护有没有做好？太多的担心还没来得及说出口，你回复我们“一切都好，不用担心”。我知道你也想着我们，害怕我们担心。只是你有着西北男人的耿直，不善表达，把对我们最深的爱都放在心里。亲爱的，加油！你是我心中的英雄。

国是千万家，家是最小国。湖北有你们，家乡放心；家里有我们，请你们放心。前方有你们，后方有我们。你们在湖北疫情的防控一线安心战“役”，我们在家等你们平安归来！

你是儿子，是丈夫，是父亲，在疫情面前，你义无反顾选择了坚守岗位，把“小情”变成“大爱”，默默奉献，在你看来，照顾好每一个病人是应尽的责任。你在一线，我在后方，平凡的工作，一样的坚守，互相鼓励，共抗疫情。疫情当前，对家的思念，对儿子的抱歉，我们只能深深地埋藏在心里。

你在一线抗疫，我坚守在家园。虽然你我相隔1580千米，但我们有一样的责任，一样的使命，同在一线抗疫，我知道你那里比我这里更危险，你一定要保护好自己，我和儿子等你凯旋。

对于全家福我一直都不是那么在意，直到你这次去援鄂，才发现我们竟然没有一张全家福。等你回来，我们一定要带着父母、儿子一起，去补一张全家福！

愿凛冬离去，雪融草原，明媚的阳光再次照亮这片土地。我们摘下口罩，去想去的地方，见想见的人。

你的老婆李帅

2020年3月1日

（丈夫苏建军援助湖北襄阳市中心医院，系宁夏回族自治区第五人民医院急诊科护士，妻子李帅系宁夏回族自治区第五人民医院消化科护士）

女儿的一封信

孙伟，宁夏第二批支援湖北潜江疾控队临时党支部书记，疾控队队长。3月1日，女儿孙语晨给他写了一封信……

孙伟看着女儿通过手机拍照发过来的信（虽然仅有几百字），眼睛一次次地湿润……孙伟很久没有陪女儿说话了，也很长时间没给女儿做顿饭了，女儿非但没有怨言，反而表现得更懂事了！

致“潜”方爸爸的一封信

亲爱的爸爸：

您好！

2020年的春节，是一个不平凡的春节，本应该是我们一家人团圆的日子。可是，您却因为新冠肺炎席卷而来，连年夜饭都没有吃，就投入到紧张繁忙的工作中去了。

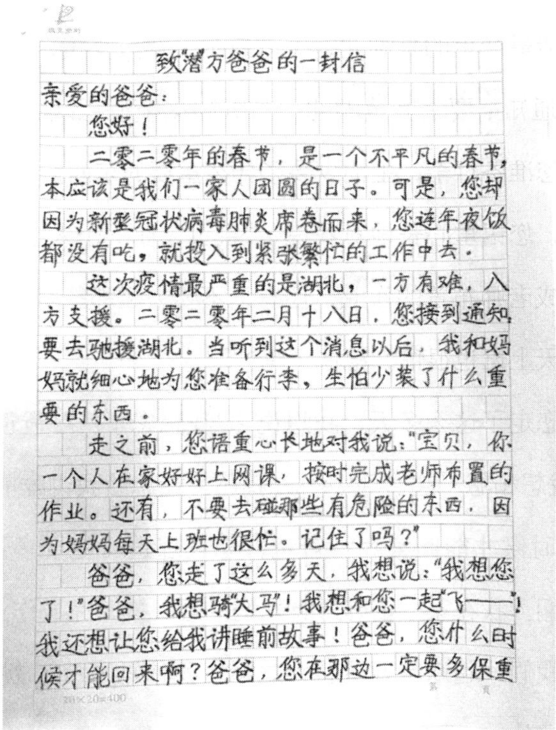
致"潜"方爸爸的一封信

亲爱的爸爸：

您好！

二零二零年的春节，是一个不平凡的春节，本应该是我们一家人团圆的日子。可是，您却因为新型冠状病毒肺炎席卷而来，您连年夜饭都没有吃，就投入到紧张繁忙的工作中去。

这次疫情最严重的是湖北，一方有难，八方支援。二零二零年二月十八日，您接到通知要去驰援湖北。当听到这个消息以后，我和妈妈就细心地为您准备行李，生怕少装了什么重要的东西。

走之前，您语重心长地对我说："宝贝，你一个人在家好好上网课，按时完成老师布置的作业。还有，不要去碰那些有危险的东西，因为妈妈每天上班也很忙。记住了吗？"

爸爸，您走了这么多天，我想说："我想您了！"爸爸，我想骑"大马"！我想和您一起"飞——"！我还想让您给我讲睡前故事！爸爸，您什么时候才能回来啊？爸爸，您在那边一定要多保重

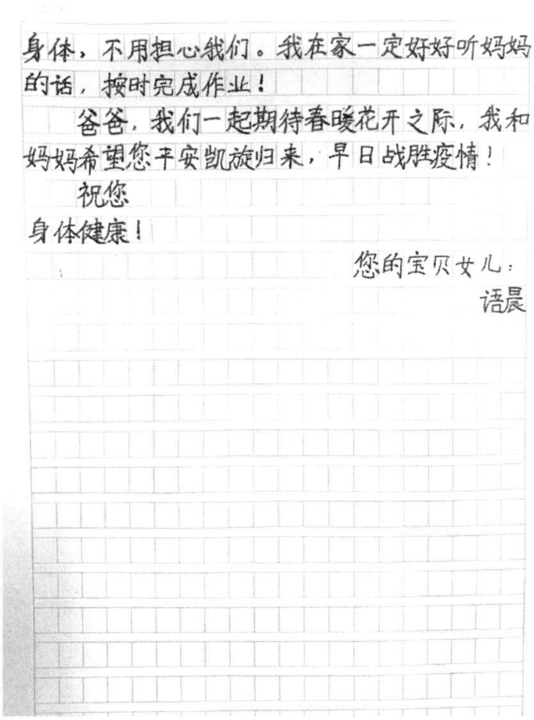
身体，不用担心我们。我在家一定好好听妈妈的话，按时完成作业！

爸爸，我们一起期待春暖花开之际，我和妈妈希望您平安凯旋归来，早日战胜疫情！

祝您

身体健康！

您的宝贝女儿：

语晨

这次疫情最严重的是湖北，一方有难，八方支援。2020年2月18日，您接到通知：要去驰援湖北。当听到这个消息以后，我和妈妈就细心地为您准备行李，生怕少装了什么重要的东西。

走之前，您语重心长地对我说："宝贝，你一个人在家好好上网课，按时完成老师布置的作业。还有，不要去碰那些有危险的东西，因为妈妈每天上班也很忙。记住了吗？"

爸爸，您走了这么多天，我想说："我想您了！"爸爸，我想骑"大马"！我想和您一起"飞……"我还想让您给我讲睡前故事！爸爸，您什么时候才能回来啊？爸爸，您在那边一定要多保重身体，不用担心我们。我在家一定好好听妈妈的话，按时完成作业！

爸爸，我们一起期待春暖花开之际，我和妈妈希望您平安凯旋，早日战胜疫情！

祝您

身体健康！

您的宝贝女儿语晨

女儿和丈夫的家书

亲爱的妈妈：

今天是家家团圆的正月十五元宵节，外面依旧寒冷刺骨，在屋内都能明显感受得到。飞扬跋扈的新型冠状病毒，让人有了一股“风雨夜深人散尽，孤灯犹唤卖汤圆”的孤独感……

妈妈您知道吗？嘻嘻，我有一个特殊的方法，就是将自己不愿面对、不愿想起的事拢在一起，将它们放进一个盒子里。用一层层彩色的纸包起来，再用一把大锁封起来，最后深深地埋藏在心底最深处，之后便好像忘记了一样，该吃吃，该喝喝，似乎毫不影响，似乎并不在意。我认为，时间永远是治愈一切的良药，可我错了，随着时间的流逝，一些事情或许会逝去，但那些真正刻在内心深处的仍旧记忆犹新。

都说白衣天使不是战士，却有战士的果敢；不是英雄，却像英雄一样勇于承担。他们不会许诺什么，但无声的举动就是最庄重的誓言。就像我的妈妈您一样……

妈妈您可能会奇怪，在大家歌颂白衣天使的时候，在亲朋好友为您自豪，为您送去一份又一份真诚的祝福、一封又一封真挚的家信的时候，身为女儿的我为何什么也没做？因为我害怕，当打开那把锁住盒子的大锁，当一层层剥开那些彩色的纸，我是否可以管理好自己的情绪？是否可以控制住那些从心底涌出的、抽动着心弦的、决堤的泪水？是否可以不要让自己泣不成声？

我仍清晰地记得，大年初三那天，我正在打扑克，爸爸告诉我您要援助湖北的消息，而且第二天就要启程！我一时愣住了，这是我第一次有这样不知所措的感觉。看到您回来，我问您是不是真的要去，当得到肯定的答复时，我再也压抑不住心中的悲痛，泪水似决堤般涌了出来，我抱着您哭了好久！耳鼻喉科医生梁武东就是因为得新冠肺炎而去世的，一桩桩事例都在顷刻间浮现在我的脑海，我真想让您留在家里，就算是逃兵，也无所谓。我不愿让您冒着生命危险，逆行而上，远赴疫情最严重的地方。但您告诉我：医者仁心，职责所在，更何况共产党员就应当敢于冲锋，逆行而上，而不是逡巡畏缩，胆怯不前。生活中的您总是丢三落四，但是重要的事情从不忘记，遇到事情的时候我还会安慰鼓励您，替您出点子。您真的特别可爱，感觉生活中的我们就像姐妹花，互相帮助。可在疫情面前，您却毅然决然，主动请缨，显出医者风范！

第二天，临出发时，我没有去医院送您。一大早，我便醒了，躺在床上，两只眼睛直勾勾地盯着天花板。听见您在收拾东西，听见爸爸对您一句句地叮嘱，有一阵刺骨的疼痛自心脏涌出，逐渐向四肢散去。我好想起身去看您一眼，去跟您道别，可我害怕控制不住自己的眼泪，影响到您征途的决心。当听到您一层层拉拉链的声音，我知道您就要离开了。我告诉自己：就去说一声“再见”，就去抱一下，就一下，不会控制不住自己的。于是我跳下床冲向您，扑入您的怀抱，在您耳边轻言：“妈妈，拜拜！”说完向您挥挥手，就跑回卧室，您却不知我早已泪眼模糊。

回到卧室，我站在窗户旁望着您和爸爸远去的背影，心里好像有一块空洞，疼痛不已。

妈妈，看到您在医院、机场、酒店穿着迷彩服，戴着口罩拍的照片，十分神气，纵有千万分担心，但我还是为您骄傲！您休息的时候很少，又在特殊时期，我不能时常给您打视频电话，所以总是盼着您的视频。每次看到视频中您疲惫的面容，内心总是隐隐作痛。可就是这样疲惫，您还不忘关心我的学习，关心奶奶的病情，关心家里人的防疫措施做得到不到位，听说酒精紧俏，您还帮家里联系购买酒精。看到咱家每件日用品，仿佛都能看到您的身影，可听不到您的唠叨声。我在学习上放松懈怠了，也没有人揪着我的耳朵警告我了；我玩手机游戏，也没有人不停地监督我了；晚上熬夜看电视剧，也没有人没收iPad催我睡觉了。哈哈，我可真舒服！可是，为什么我一点也高兴不起来呢？……在我做每一件微不足道的事情时，身边没有了您的陪伴。我在卫生间偷偷刷手机的时候您不再悄无声息地冲进来把我的手机收走，睡觉时您也不再因为我怕黑帮我睡着后关灯……每当这时我都好想打视频电话给您，询问您是否安好，如果允许的话，我甚至还想坐飞机去找您，陪着您，与您共同克服困难。

倪瑞璿曾在《忆母》中说："暗中时滴思亲泪，只恐思儿泪更多！"在"火树银花合，星桥铁锁开"的正月十五的晚上，我收到了妈妈的来信，泪水顺着双颊缓缓滑落，吧嗒吧嗒地落在手机屏幕上。妈妈您信中说，希望我将来也可以从医，用所学的知识解除患者的病痛，我想我会的！医生们勇敢，渡危机、攻难关、势如破竹，医生们忠诚，遵医德、守宗旨、不辱使命！我为有这样的医生妈妈自豪！加油妈妈！加油武汉，加油中国！

爱您的女儿方嘉怡

2020年2月8日23：00

杰：

见字如面，可知安好！

家里一切尚好，勿忧勿念！

今天是庚子年的正月十五元宵节。本应是阖家团圆、万家同庆的美好日子，人们却只能静守在家中躲避疫情。而咱们家却不能像其他家庭一样团团圆圆、热热闹闹地在家中守候在一起，虽不出门也尽享温暖。说句心里话，我内心很不好受。

昨夜无眠起相思，每逢佳节倍思亲。算起来，你已离开家十二天了，几乎每晚我都想给你写信，可又不知说什么好，也怕影响到你在前线的工作和休息。每天守护在年迈母亲的病床前，看着母亲病情一天天好转，心里高兴，同时转眼望向窗外，思念着远在千里之外的你是否正在拼命奋斗抗击病魔。我的心中思绪万千，久久不能平静。我虽然也是一名普普通通的老百姓，为人子、为人夫、为人父，但深知党培养教育我们多年，就应该懂得“国家有难，匹夫有责”“养兵千日，用兵一时”的道理。所以，我不会拖你的后腿，我将永远支持你，并做你工作生活的坚强后盾。

救死扶伤真情在，人间处处是春风。作为一名医生的丈夫，我知道：医者仁心、救死扶伤、心怀天下、义不容辞是每个医生的天职。所以，你主动请缨报名参加志愿医疗队时，我非常理解。虽然家里母亲病重尚在医院治疗，孩子上高中学习紧张、学业繁重，我作为单位的负责人也需要安排众多烦琐事务，但这些又能算什么呢？我完全能够克服，也必须克服。我支持你这次神圣而光荣的援鄂医疗服务，为了大多数人的生命和利益，必须舍小家为大家，相信我也一定能够承担好家里的所有事务。请安心，全力以赴地去抗疫一线发挥你作为一名医务工作者的本领，尽快战胜疫情。

始终不忘杏林志，妙手除疾送康宁。我们结婚已整整20年了，我非常清楚你对医生职业的敬重，二十年如一日，你从未停止过学习，努力提高着自己的医疗技能。我更加了解你做人做事的品性，在当前疫情严重的形势下，作为共产党员的你更是义不容辞地挺身而出，我发自心底地敬佩你，但更多的还是担心。希望你一定要先照顾好自己，只有保证你自身拥有良好的身体状况，才能更好地服务于广大的患者，放心地去履行好你的使命、你的职责。记住，家里有我，无论什么时候什么地方什么情况，你背后始终有深爱你的老公支持着你。加油吧！盼你凯旋！

夫君熙全敬

2020年2月8日晚

（作者系宁夏援助湖北医疗队宁夏第五人民医院轩杰的女儿、丈夫）

女儿给屈文慧的一封家书

亲爱的妈妈：

女儿想您啦！这几天怎么样？您吃得好吗？住得习惯吗？病人的数量是不是减少了？上次视频您说您很忙，每天不仅要治疗、安抚病人，还要兼顾医疗队的队员，并每天向医院及主管部门汇报工作情况。怕影响您工作，我就没再发微信。自从2月28日您离开宁夏去支援湖北襄阳，我就无时无刻不在牵挂着您，每天我都关注湖北的疫情，并在各种新闻媒体上搜索有关襄阳的方方面面的消息，迫切地想要了解您的处境。

昨天固原又下雪了，看着天上飘飘洒洒的雪花，就想起了每次下雪您都会摆出几个优美的动作拍几张雪景，可是今天的雪地里少了您美丽的倩影。心里想着您便不由自主地想与您微信视频，视频没有接通，我知道您一定穿着密不透风的隔离服忙碌在病房，直到晚上8点多接通视频，视频中的您神情疲惫，眼睛中布满了红血丝，鼻梁也被口罩磨出了红泡，一边匆忙地吃着晚饭，一边交代我和爸爸要注意个人防护，出行一定要戴口罩。从和您短暂的交谈中，我才得知，作为临床一线的医生，一旦穿上防护服，就连续工作六个小时。看着瘦小的您狼吞虎咽的样子，我只有心疼，恨自己不能为您做些什么。您说："我要剪掉头发了，头发长穿防护服容易污染。"妈妈您的长发留了那么多年，每次当您盘起令您骄傲的长发，穿起您喜欢的旗袍，我总是调侃您："都快五十岁的人了，还想回到少女时代？"然而今天，您断然剪去头发，就如同您断然奔赴湖北一样，这样才是您，一位兢兢业业、恪尽职守、雷厉风行的医生！

妈妈，您放心吧，我和爸爸这里一切都好，我知道您现在正全身心地投入到抗疫工作中，但您也一定要保重身体，千万要小心！保护好自己！我和爸爸永远是您最坚强的后盾！待到疫情完全控制之时，也是我们一家三口团圆之日！

女儿敬上

2020年2月2日

（作者系固原市人民医院重症医学科主任医师屈文慧的女儿）

写给丈夫刘福清的信

老公：

你好！今天是你去湖北的第五天了，每天我和女儿都会念叨你怎么还不来个信，报个平安什么的。在初三的下午，你来电话说你是一名共产党员，一名医生，要报名参加援助湖北医疗队，做个“逆行者”。当时我的心情是复杂的，不舍、担心……女儿更是非常不愿意。我拿着电话半天都说不出话来，说什么呢？阻止还是支持？你走之后，有个同事姐姐看到朋友圈发的照片，就问我：“建宁，你真舍得让福清去呀？”说句实话，作为妻子，是真的不舍得！但是作为一名医务工作者，一名医生，我是必须支持你在当前武汉疫情暴发的严峻时期、在武汉严重缺乏医务人员的特殊时期义不容辞地参加战斗，所以我支持你去，我不能拖你的后腿，更不能让你有后顾之忧。走之前都没告诉你姐和我爸妈，为的是不让他们担心。你走之后咱妈在家默默地流泪，咱姐也是一天一个微信问我，你怎么样？是否平安？而我呢，只能掩饰我的担心，去安慰她们。女儿每天都会念叨，爸爸今天也不知道怎么样了……

虽然家里人都在担心你，但更多的是鼓励，以你为荣。咱妹妹利宁做了一个宁夏医疗队出行援鄂的美片，每每看它我都会流泪，会担心。你们当中有父亲、儿子、丈夫，有母亲、妻子、女儿，是医护人员的责任和使命感，让大家面对家人的担忧和不舍，依然在疫情防控的紧要关头，主动请缨，义无反顾逆行前往湖北支援。出门在外，你们是团队，要互相关心，做好防护，保重身体。你一定要照顾好自己，做好防护，吃好、休息好，保持一个好的身体状况，这样才能救治更多的患者！家里这边你不用担心，家里每个人都很好，宁夏的疫情你应该也能了解到，措施都很及时到位，我们也都会注意防护。我和女儿等着你平安归来！

建宁

2020年2月2日23时37分

（宁夏第五人民医院援湖北医疗队队员刘福清妻子韩建宁）

女儿写给妈妈高素兰的信

亲爱的妈妈：

不知不觉中你已离开我一周有余，在这一周里，我无时无刻不在思念着你，无时无刻不在担心着你。虽然只有短短的七天，但我觉得像过了半个世纪。

在27日的下午，你早早归家令我欣喜无比，因为这么多天以来你还是第一次这么早回来。从23日晚你就一直加班，彻夜不得回家。就算是回到家中，你也是在电话中度过的，最终你还是被叫回医院，然后留我独自一人过夜。所以27日我十分开心与激动。但很快悲伤与不舍代替了欣喜与激动。没想到这一次你的早归是要去武汉。

说实话，于私我并不想让你去，而且我很抵触这件事。于是爸爸就开导我说："我也不想让你妈妈去，但是你妈妈不仅是你的妈妈，她还是一位医护人员，是白衣天使，是共产党员，是无数人民的希望。你妈妈有你妈妈应该肩负的责任，救死扶伤是你妈妈的义务，而去武汉救援也是你妈妈的决定。你应该为你有这样的一个妈妈感到骄傲和自豪，所以我们应该支持她，鼓励她。"其实爸爸说的这些我又怎么会不知道呢？但当时就只有一句话充斥着我的心，“我不想让你去。”所以第二天，我并没有起来去送你。一方面是因为我没有勇气面对离别，另一方面就是，我已经是一名初三的学生了，你的离开对我也是一种打击，一种影响。所以我在心里偷偷地埋怨着你。

现在我期望着你凯旋，我不忍看着你走，但我一定会在家等着你回来。你走的时候不会看见我为你道别的身影，但你归来之时一定会看见我迎着你的笑脸。

加油，妈妈！加油，白衣天使们！加油，在一线奋斗的战士们！你们是曙光！是黎明！是希望！你们是全国人民的仰仗！你们是爱，是暖，是希望，你们是人间的四月天！

爱你的女儿吴凡

2020年2月3日

（作者系中卫市人民医院高素兰的女儿）

写给赴湖北“逆行者”刘红、廉鹏的一封家书

红红、廉鹏：

你们好吗？

此去湖北抗击疫情，已经一个多月了，累着了吧？向你们致以最真诚的问候！

这段时间，抗击新冠肺炎的战斗，牵动着每一个人的心，代表咱们中卫出征湖北前线的你们的一举一动，也牵动着家乡人民的心。

大年初三，新冠肺炎疫情蔓延，全国各地纷纷进入紧急状态，抗击疫情的形势不容乐观。那天，医院接到紧急通知，发出征募支援湖北的倡议书，不到1小时，就有138名医护人员主动请缨，请求加入支援湖北抗击新冠肺炎的应急队伍。真是振奋人心哪！最终你俩光荣地成为首批出征的最美“逆行者”，我们为你们感到骄傲！我和老黄本来计划大年初四你们出征时，赶早去为你们壮行。不想老黄突然身体不适，没能去成，甚是遗憾。那天老黄同志忍着所谓12根肋骨同时骨折的疼痛，坚持把手机拿在手里，只为了关注你们的动态，不停地给

你们发微信，眼泪哗哗地流个不停。当天新闻报道的照片里，看到红红和平日里一样的傻乐呵样，我一时间不知道该是喜是忧，你也不上点心，傻瓜，有你这样的吗？你这是去打仗啊！廉鹏倒是一脸沉着，除了一如既往的阳光帅气，还有些悲壮下的平静。后来，我才知道，你走那天，你一岁多的儿子正生着病呢，你媳妇笑着为你鼓劲，让你放心，家里有她，一切都好。我的好兄弟，你几辈子修来的福气娶到这么好的老婆，等你回来，你可要好好爱她。

你们走后，我们时刻关注着你们在湖北前线抗击疫情的消息。看到你们穿戴上了隔离防护服、几层口罩、防护眼罩……几分钟就浑身是汗。得知前线医疗物资紧缺，为了节约，你们只能穿上纸尿裤，连续高强度工作数个小时……看着红红脱去防护装备后，留在脸上深深的勒痕，笑着说："丫头，现在的你丑心疼丑心疼的！"老黄忍不住伸出手抚摸手机屏幕上你的脸，想要抚平那两道深深的印痕。看到廉鹏在发热门诊穿着防护服竖起的大拇指，坚定而充满力量。突然间想说一句："兄弟，平时就觉得你挺帅，现在看到你英雄的模样，简直帅到天际了！回来之后，你一定是咱们这条街最靓的仔！"

得知在你们的精心诊治和细心护理下，湖北襄阳南漳县和谷城县不断有新冠肺炎确诊病人治愈出院的好消息，看到患者为你们竖起大拇指，哽咽着说谢谢的视频，我也想隔空对你们说一句：哥们儿，姐们儿，辛苦了，你们不愧是最美"逆行者"！

数着指头一天一天过着，好不容易快一个月了，觉得你们该回家了，却听老黄说，你们第一批赴鄂医护小队全部请战继续留在抗"疫"前线，心生担忧，也有一丝欣喜，为你们的无私无畏点赞。

红红那句“不获全胜，决不轻言成功”的豪言壮语真是让人衷心敬佩。有这样的你们，没有打不赢的仗。

还有，家乡的新冠肺炎疫情得到了有效防控，你们在前线放心。

相信有你们的无私相助，襄阳的抗疫必定胜利在望。

相信有3万多驰援湖北的最美“逆行者”的忠勇担当，湖北的抗疫必定胜利在望。

相信有千千万万的一线防疫人员的坚决守护，全国的抗疫必定胜利在望。

想你们了！务必做好个人防护。

战斗吧！红红，廉鹏，期待你们早日凯旋。

向你们致敬！

朋友：门铂、黄凤丽

2020年2月29日

第三部分

书信篇·感谢信　慰问信

给刘家铭同学的一封回信

亲爱的刘家铭同学：

你好，也向你的家人和同学问好。

我是宁夏第一批援助湖北医疗队队员刘江龙，是宁夏医科大学总医院的一名男护士。你写给我家人的信于两天前已经收到，在这个特殊的时间里，家人收到你手写的信和宁夏爱心单位及个人捐赠的慰问品，非常欣慰也很感动，这是来自我们宁夏680万父老乡亲的深情和厚爱。

首先，我和我的家人感谢你的来信，你写的信让我的家人感受到了温暖，让他们更加理解了我来支援的意义，更让我在湖北襄阳感受到了来自家乡的那股浓烈的爱和支持。纸短情长，虽你我不曾谋面，同是刘家姓，更觉有家人般亲切，也激励着我在抗击疫情的路上走得更加自信和从容。

本该热闹喜庆的春节，却被突如其来的病魔打乱了所有人的节奏，城市的街道冷冷清清，人们只能待在家里，恐惧和焦虑在每个人的心里不断倍增，看着确诊、疑似病人在痛苦中煎熬，看着全国各地的医护人员开始“逆行武汉”，我作为一名男护士，更是一名党员，义不容辞。我虽然比他人更加明白这里的危险和挑战，但我绝不能当逃兵，我要和同事们并肩作战，冲在国家和人民最需要的地方，用实际行动践行我对职业的承诺。

今天已是我来襄阳支援的第32天了，从刚来的水土不服到现在的完全适应，这段时间确实充满着压力和挑战，更是一个艰辛的过程。庆幸的是我们137人众志成城，团结一致，迎难而上，现已经完全适应了这种战斗状态，也开始享受这段难得的人生经历。我也已经从襄阳市第一人民医院转战到襄阳市中西医结合医院，无论从生活上还是工作上，当地医院的领导和同事都给予了我很大的关照，还有时刻来自家乡人的问候和照顾。我从来没有孤单过，也不是一个人在战斗，我们都在携手并肩作战。请你们放心，我们一直都格外小心防护，做好安全措施，绝不麻痹大意，也不心存侥幸，相信我们的专业技术和坚定信念终将赢得这场硬仗的最后胜利，一定不会辜负我们宁夏680万父老乡亲的期待和厚望。

身为初中生的你，心存善念，心系国家和人民的冷暖，展现了新一代青年人的精神风貌。少年强则国家强，少年盛则国家盛，你们将是国家的未来和希望。作为医务人员，我们的战场就是救死扶伤的医院；作为学生，你们的战场就是在学习和成长的路上。你比我勇敢，比我聪明，相信你我都会赢得最后的胜利，我们一起加油，愿你的学业有成，愿你的人生更加精彩。

近些天，我看着康复出院的患者不断增多，全国抗疫的形势向好的方向发展，宁夏更从Ⅰ级突发公共卫生事件调整为Ⅱ级，胜利的曙光已经来临，只要我们每个人做好自己，继续努力，坚持就是胜利。

我仿佛已经看见了：樱花盛开的武汉大学，拥挤的人群中有你纯真灿烂的笑脸。我吃着一碗垂涎已久的武汉热干面，向你们讲述着我在支援的这些天的点点滴滴。

让我们一起勇敢面对生活，只要我们心连着心，春天从来不会缺席，真情一直在我们的左右。

宁夏第一批援助湖北医疗队队员

宁夏医科大学总医院男护士　刘江龙

2020年2月29日　湖北襄阳

在抗疫一线，我拿什么呵护我的孩子

西夏区实验小学三年级（2）班的各位老师：

下夜班返回宿舍途中，蒙蒙细雨，鲜花盛开，空气清新，襄阳的春天已悄然到来。作为宁夏第一批援助湖北医疗队的队员，一转眼，我们已离家三十多天，已与襄阳的同事们一起在一线战斗了三十几天。

又收到了母亲发来的老家院子下雪的视频，白发苍苍的母亲每天为我牵肠挂肚，我对家乡和亲人的思念更深刻了！

上周四我们临时党支部邀请宁夏宁安医院张静怡主任给我们做心理疏导，张主任让我们每个人画四幅画，第二幅画代表目前最焦虑的事，第三幅画代表解决的方法，我的绘画水平低到了极点，但主题还是很明确。

我的第二幅画画的是一个三年级的小男孩拿着手机耍游戏，没有按时完成作业。我确实很担心儿子的学习，我们夫妻俩从大年初三到现在再没见过孩子。孩子拿着奶奶的手机一个人在家里琢磨，有天看到人家孩子发的各种作业，我就使劲刷屏看看有没有我家孩子的，结果没有找到，作为母亲，孩子真的是自己一生的希望，我相信，每个妈妈看不到自己孩子的作业时都会有各种焦虑情绪。

第三幅我画的是老公用视频的方式监督孩子按时完成作业。其实我知道他也很忙，我远在湖北，他在宁夏平罗，离孩子近，可以多关照孩子。

有天晚上，和儿子视频，夸奖他最近作业做得不错，多亏你老爸监督你。儿子来一句："我的亲妈呀，我爸什么时候监督我了，他一天忙得连个视频都不接，是我的老师，他们监督并辅导我呢。"那一刻，我流下了眼泪，是因为感动。

2月17日，全中国的孩子们迎来了一个全新的开学，所有的小朋友都端坐在电视机前听《空中课堂》。疫情期间，老师们竭尽全力地给孩子们上课，这是一种新的授课方式，也是一种挑战。管好全班52个同学的学习已经是非常不容易的事了，额外监督并辅导个别孩子的工作量就更大了，我知道你们需要付出的很多。儿子的教学老师里，我只知道班主任贾园园和数学老师刘新瑞两个老师的名字，其他老师我真的不知道性别也不知道姓名，但老师们在疫情期间对孩子的付出我无以言表，衷心地感谢你们，感谢西夏区实验小学三年级（2）班的所有教学老师们！我们在抗击疫情的前线顾大家，而你们在后方默默付出，替我们呵护我们的孩子，是我们后方坚实的力量！我们职业不同，但我们都在这没有硝烟的战场中以各自的方式报效祖国，谢谢你们。

王浩妈妈张雪

2020年2月27日

队员写给领队的信

郝妈妈和王爸爸：

我是宁夏回族自治区人民医院呼吸内科的马云涛，现在湖北保康县人民医院支援。

在正月初三，我们接到命令，要组成医疗队援鄂。我虽然有一颗坚定的心，却也有对未来的迷茫和彷徨。不知道那里是什么样的情况，也不知道我们的防护用品是否能够到位、那里的生活我们是否能够适应、我们现在的身体状况是否能够抵抗病魔。

现在我已经没有了任何的迷茫和彷徨，也许你会问我为什么，悄悄地告诉你，因为我们有郝妈妈和王爸爸，即我们医疗队的队长郝晓明和联络员王楠。到达襄阳的第一个晚上，你们还没顾得上歇歇脚、喝口水，就立刻给我们安排住宿，让我们好好休息，并且联系宾馆给我们送来了清真食品。也许你们觉得这并没有什么，但是在我的心里，却激起了阵阵涟漪，心里是那么暖，那么安心。当我们已经进入梦乡，你们却在安排第二天的工作。100多人的队伍进行分配，既要考虑到医护的搭配，又要考虑到男女的分配，还要结合医院情况进行协调，可想而知，这是多么大的工作量。清晨，当第一缕阳光照射大地，你们已经开始了一天的工作，虽然看起来精神抖擞，但你们的双眼有无法隐藏的疲惫。

当我们踏上征程，围绕在耳边的，依然是你们的叮咛："注意安全，注意防护，营养要均衡，一定要保证充足的睡眠。要是有什么困难，一定要记得联系我们。"这一句句看似普通的话语，却牢牢地记在我们的心中。当我们到达援助单位后，你们又是一遍又一遍地在提醒我们，注意安全，我们一定要一个不落地回到宁夏。

因我是少数民族，饮食上有着不同的习惯，所以你们还特别关注我的饮食情况，经常会问我吃得怎么样啊？营养够不够？有什么困难一定会帮我解决。这一句一句关心的话语，让我感到无比的温暖。

工作两天后，当我在保康县看到你们时，我感到无比激动，见到亲人了，真想上去抱一抱你们。为了能在两天之内走完所有的援助点去看我们，给我们送物资，你们甚至不吃不喝地赶路。你们可知，当我们看到你们脸上的疲惫，我们会心疼，我们也想对你们说，保护自己，注意安全，一定要吃好，要有足够的睡眠，你们也是我们队伍中的一员。

高强度的工作，巨大的心理压力以及离乡的愁绪，时时刻刻都可能将我们推向崩溃的边缘。为了缓解我们的压力，你们无条件地接受了我们的调侃。"郝妈妈""婆婆妈""王爸爸"这一个个的称号代表着我们对你们的感激。

郝妈妈、王爸爸，我们一定会完成我们的任务，并且一个不落地回到宁夏。我们一起加油！

感谢你们，郝妈妈和王爸爸。

宁夏回族自治区人民医院呼吸科　马云涛

致中卫市中医医院的一封信

尊敬的各位院长、主任及同事：

你们好！我们中卫市中医医院第二批援湖北医疗队队员一行13人目前在武汉一切安好，各项工作有条不紊地开展。在宁夏第五批援湖北医疗队王建华队长及马海忠副队长的带领下，我们的防护及生活物资均有保障。我们中卫市中医医院第二批援湖北医疗队在各项医疗、护理和消杀等方面的工作也得到了宁夏第五批援湖北医疗队领导的肯定和认可。

到达武汉，我们经过严格培训之后，接管了武汉市中心医院后湖院区发热十六区，徐力、谷文博和我跟宁夏其他医院的3名医生组合后两两承担一组，我们3组共接管了14名患者，其中病危1人和病重1人由我管理。徐力主任同时还承担着第五批全医疗队的医务联络和病历汇报工作。护理方面，刘璐和范国俭均为护理组组长，龙誉婧是院感核心小组成员，其余人员各司其职，均能严格按照相关规定完成各自的工作任务。当前武汉市的确诊患者人数仍然较多，本地区的医疗承受能力及医护人员压力还是较大，我们的工作也是任重道远。

在工作之余，徐力队长密切关注我们每一个队员，也积极通过微信群定期召开支部会议，切实学习传达各项会议精神及诊治方案。其间，我们还通过微信召开了一次特殊的支部会议，一致表决通过了范国俭同志转为预备党员的决定，又为我党吸纳了一名优秀的同志。我也密切关注着中卫市中医医院的各项工作动态，医院针对新冠肺炎的联防联控工作成绩斐然，喜闻马文军和王艳获得市卫生健康委表扬，我在武汉一线的干劲越发十足。

我们所有队员在湖北武汉团结互助，相互鼓励，工作上是亲密的战友，生活上又是兄弟姊妹。在进出病房穿脱防护用品的时候，我们互相提醒检查，不放过任何一个细节，保证万无一失，做好自我防护。在住地，我们互相帮助，互相关心，嘘寒问暖，保证在紧张的工作中还有一份豁达开朗的良好心态。在三八妇女节到来之际，我在网上为中卫市中医医院第二批援鄂的十名护士每人购买了一支口红作为节日礼物，祝愿她们笑口常开，平安归家，浪漫的革命主义情怀也是我们工作的动力之一。

在此，我真切感谢医院工会及办公室对我们家属的慰问，感谢医院领导及同事对我的关心，也祝愿沈海滨院长早日康复。我一定发扬精进、诚心、仁爱、和谐的院训，为中医人争取荣誉，同时做好个人防护，竭尽全力完成院党委交给我光荣而艰巨的援鄂任务，保证安全返家。

中卫市中医医院　胡甲龙

2020年3月5日　武汉

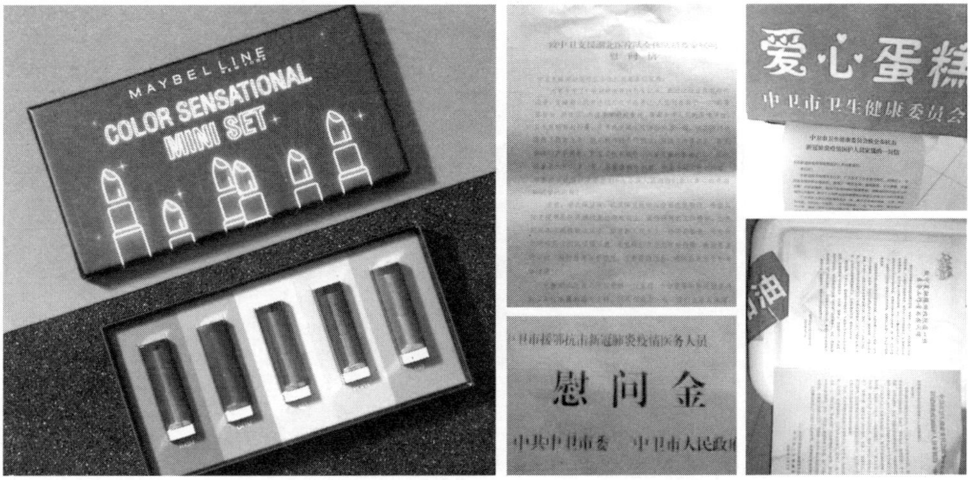

中卫市委、工会、医院送给护士们的国际妇女节礼物

整装待发

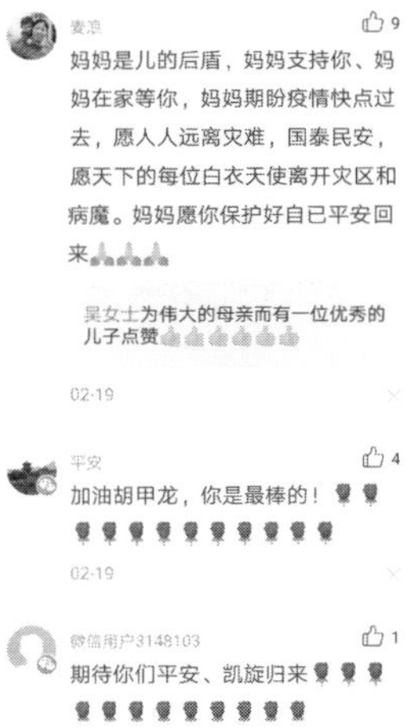

儿行千里母担忧

医者有仁心，悬壶济世人

襄州区人民医院及宁夏援襄全体医务人员：

你们好！

鼠年春节，突如其来的新冠肺炎疫情在神州大地肆虐，襄州区人民群众也遭受着病魔的侵袭。

疫情就是命令，责任重于泰山！面对疫情，宁夏援襄医疗队积极响应党中央号召，紧急赴襄州区支援，与襄州区人民医院医护人员一起，冲锋在前，全力以赴，竭力救助感染新冠肺炎的患者。

感谢你们！你们是襄州大地的最美“逆行者”。新春佳节，阖家团圆之际，你们发扬悬壶济世精神，舍小家，为大家，主动放弃休息时间，不顾个人安危，危难时刻挺身而出、英勇奋斗、扎实工作，生动诠释了敬佑生命、救死扶伤、甘于奉献、大爱无疆的医者仁心。

感谢你们！你们是疫情病区的最佳“守护神”。疫情发生以来，你们克服医疗资源严重紧张、床位极度紧缺的困难，想方设法收治感染肺炎的人民群众，为大家撑开一张张病毒隔离伞。你们克服人手严重不足的困难，发扬连续战斗的优良作风，认真开展临床治疗、护理、康复工作，排除每一个隐患，为我们的安全筑起一道道防线，是我们当之无愧的“守护神”。

感谢你们！你们是患者朋友的“贴心人”。隔离病毒，却没有隔离人心。治疗期间，你们竭尽全力为我们提供服务，用有限的资源提供五星级的服务，你们辛苦了。治疗疾病的同时加强心理引导，我们得以放下包袱，轻松上阵，全身心投入抗击病魔的斗争。在你们的努力下，一批批患者不断康复，你们功不可没。

春暖花开之时，疫情必然过去。我们坚信，在党中央、国务院的坚强领导下，在医护人员的辛勤努力下，我们终将战胜病魔，打赢这场没有硝烟的战争。

衷心地向病区全体医务工作者致以崇高的敬意和谢意：你们辛苦了，感谢你们！

最后，衷心祝愿病区全体医务人员身体健康、阖家幸福，事业日新，百尺竿头！

襄阳区人民医院病区全体患者

2020年2月12日

来自方舱医院的感谢信

在武汉客厅方舱医院住院的杨丽丽两次核酸检测均呈阴性，她知道自己过两天就要出院了。她要做两件事：一件是和她的主管护士张艳琴照张合影，看不见容颜，留个纪念也好。第二件是要写一封感谢信。她说想感谢的人太多，自己又没记全，就不写具体的人了。其实，自宁夏第二批援鄂医护人员在方舱医院工作以来，收到了许多患者的感谢信。有的找来白纸写到纸上，有的用手机发来短信，每一封信都用最朴实的语言，表达了患者最真挚的情感。

亲爱的白衣天使们：

你们辛苦了！

在新春佳节，阖家欢乐之时，一场迅猛的病毒，以武汉为中心迅速扩散开来。同时，一场与新冠肺炎的战斗，一场没有硝烟的战争悄然打响了。在这紧急关头，我看到的不仅仅是中华儿女的团结，还有奋战在抗击疫情一线的、无私奉献的你们。你们不计报酬、不论生死、挺身而出的精神深深地感动着我。在此，向你们致以崇高的敬意和真诚的感谢！面对迅速发展的疫情，这既是责任，也是使命。面对生命危险，你们从未想过退缩。你们坚守在岗位上，担负起疫情防控的巨大责任，履行着医护人员的神圣使命。在这场抗疫中，你们承载着太多的伤心与无奈。在医院里一天天精疲力竭，冒着被传染的风险，在严峻的形势下依然奋勇当先，从未想过自己，唯一想着的就是那“救死扶伤”的崇高精神与信仰。在方舱医院的几天里，让我感受到亲人般的关心与爱。你们不辞辛苦地每天对病人嘘寒问暖，一日三餐将饭菜送到病人手中，为了鼓励病友们早日康复，丰富我们枯燥的生活，每次吃完饭，就带着我们做操、唱歌、跳舞。让我们感受到了家的温暖，忘记了自己是病人，忘掉了自己身上的病痛。白衣天使们，感谢你们舍小家顾大家，把自己的生死置之度外，来到我们身边。是你们让这些病友们对自己充满了信心，战胜了病魔。你们就如温暖的阳光，照耀着我们，滋润着我们，希望你们能在帮助别人的时候也照顾好自己！我坚信。只要大家团结在一起，一定会取得战争的胜利！祝白衣天使们永远健康，早日取得抗疫的胜利！

武汉客厅方舱医院 B 区病友杨丽丽

2020年3月1日

宁夏援鄂的全体医护人员：

你们好！首先我想说，我们苦，可你们比我们更苦。如果说，我们是在捍卫自己的生命，那么你们是在守护他人的生命，我们是本能，而你们是博爱，所以，我们向你们致敬！“凡为医者，遇有请召，不择高下，远近必来，支援武汉。”这是你们的使命，你们舍小爱为大爱。在武汉客厅 B 舱的你们有问必答，有召必应，柔声细语，亲切温暖。面对传染性极强的新冠肺炎病毒，无论你们年龄大小，个个当仁不让。我所了解的杨苏康也只不过二十几岁，可在面对疫情时表现得慷慨激昂、壮志满怀，一点也不输给男儿。还有孩子尚幼小的唐丹，离开家也已有二十多天了，每天只能在休息时与家人视频。每当她走进我们病区，只要她一说话，我们都能直呼其名（不需要看她们防护服上的任何标识）。她的声音细软温柔，如细雨春风滋润着每个患者枯涸的心灵。当然，还有很多和她们一样的宁夏医疗队的兄弟姐妹们。你们是黄河孕育的博爱之人，是黄土高坡上立着的大写的人，是“大漠孤烟直，长河落日圆”中的主宰者，是“不破楼兰终不还”的勇士。西北的姑娘是山川的灵魂，西北的汉子是立在土丘上怒吼的雄狮。江城人民与黄河之滨的你们同是一家人。我爱你们，像你们爱我们一样。待到我们都摘下口罩时，一定让你们成为我们的座上宾。等待那一天早日到来！爱你们。

武汉客厅方舱医院B3病友徐萍

2020年2月25日

致宁夏盐池县援鄂医疗团队全体医务人员（唐丹、侯娜、刘玉雯、张静华、曹雪燕、张攀、张艳琴、魏艳琴、刘彩霞、郭海东）：

你们好！我是武汉新冠肺炎患者任红英，入住东西湖方舱医院B仓，今天即将出仓。在这离别之际，我心情非常激动！二十余天，往事历历在目。我是一个在河南乡下长大的，大字不识的农村妇女，这次不幸被感染。来到方舱之初，我茫然不知所措，排队登记都分不清东南西北。犹豫之间，有幸遇到善良的、暖心的唐丹护士。她主动上来帮我排队登记。更巧的是，入住分床之后，唐丹分管我们这个隔段。为了让我尽快融入这个环境，她格外关照我，轻言细语地缓解我紧张的情绪。每次量体温、血压、血氧，都用细腻的、悦耳的、亲切的话语说：放心，好着呢。唐丹护士待人犹如春风拂面，比我家女儿还贴心。在闲聊中，我得知唐丹还是一个两岁孩子的妈妈。她远离家人，舍下幼子，就是为了我们才义无反顾！我曾经问她：“你想到武汉疫情这么严重吗？”她说：“我想象得比这更严重，但我不怕。”这句话出自一个弱女子之口，我相当震撼！她是妈妈的女儿，孩子的母亲，丈夫的妻子，她身上所承受的还少吗？冒着被感染的风险，这些她都知道，但她不怕。都是平凡的人，不是不怕，是因为有一颗大爱之心。我即将离开方舱医院，心里难以平静。请人代笔，抒发我的感激之情！感谢你唐丹，感谢宁夏盐池县医疗团队。你们辛苦了，向你们致敬！宁夏好儿女，千里赴武汉，危险置身外，奉献都是情。方舱二十日，我们感激涕零，离别依依不舍，愿君多珍重！

武汉东西湖方舱医院患者任红英

致白衣天使：

2020年是特别的一年，新冠肺炎无情地侵蚀着武汉，让这个城市一下子失去了往日的喧嚣和繁荣。虽然疫情无情，可是人间有爱。在中国共产党的领导下，一方有难八方支援，此时的武汉也处处充满了温暖和爱。那种沁人心脾的爱，让人久久不能忘怀……我一直觉得自己的身体很好，平时很少生病，没想到我感染上了新型冠状病毒。我恐惧、惊慌失色、不知所措。通过街道和社区的帮助，我进入武汉客厅方舱医院进行隔离。当时我害怕、恐慌、彷徨。当我带着这种恐惧、害怕，来到武汉客厅方舱医院时，我看到了各地来援助我们武汉的白衣天使忙碌的身影，看到病友们脸上自在、安详的笑容，我的心情慢慢平静下来了。在方舱医院的几天治疗里，我深深地感到，医生和护士对我们这些病人像亲人一样关心和爱护。

他们不仅尽心尽力治疗我们身体上的疾病，还跟我们聊天，进行心理上的安抚和疏导，使我们感到春天般的温暖。看到他们和蔼可亲、从容的样子，我彻底放下了恐惧，我不害怕了，我要坚强，要和他们一起战胜病魔。久违的笑容在我的脸上绽放了，是他们给了我战胜病魔的勇气，是白衣天使给了我生的希望。他们（宁夏医护团队）每天辛苦工作。每天早晨、上午、下午、晚上，四次查血压、测血氧、量体温。还要三次把饭送到每个病床的患者手中。晚上，我们睡了，你们还要查房。你们每天不能多喝水，不能按时吃饭，还要穿着不透气的防护服。有时舱里温度高了，你们的衣服都被汗湿透了，还在坚持，我真的、真的好心疼他们。我心里除了感激，还是感激。你们才是真正的战士，是时代的楷模。你们把自己的生死置之度外，在一线抢救病人、拯救生命。经过你们的精心治疗和关爱，今天我的病好了，要出院了。你们来送我，亲切地告诉我出院后的注意事项。我是多么不舍，我泪流满面。是你们给了我第二次生命，千言万语，我不知道该说什么，只有一个劲地说谢谢、谢谢！我依依不舍地和你们告别，再见了，我的亲人们。再见，白衣天使们，愿你们永远平安幸福，早日回到家乡和自己的亲人们团聚，我会永远想念你们的！

尹建文

2020年2月26日

亲爱的同胞病友们：

我是B舱B厅895床的病友，名叫史传娥。经方舱医院主管医生李辰、李振、张曹等和广大护理人员的悉心治疗，我的病已经痊愈，准备出院了。

今天我想和大家分享一下我这一个月的感受。疫情无情人有情，疫情侵袭武汉时，我也感染了病毒，正在治疗困难时，白衣天使响应党的号召从四面八方来到武汉，他们有的来自山东，有的来自宁夏，还有的来自遥远的新疆。

这些医护人员冒着被感染的风险一直为我们服务，这些远道而来的医护人员穿着纸尿裤整整工作6个小时，从来没有听到他们的怨言，他们每天都笑盈盈地陪伴我们。每个班次都给我们测血压、体温，为诊断我们的病情，多次做核酸检测、拍CT。特别是在生活上，可爱的护士们身穿不透气的防护服，戴着护目镜，一日三餐为我们配送饭菜、各种水果和牛奶。2月13日，新疆建设兵团的张桂清等女士舞姿优美，给大家带来美的享受，使我们这些不会跳舞的人也跟着摇摆起来，那种气氛无法形容。

医护人员在一个多月中以身作则、埋头苦干，不停地忙碌着。为我们服务的护士很多，有的坐在电脑旁输入信息，一坐就是一天，还有很多医生护士在我们身边忙来忙去，一转就是几个小时，他们的相貌我看不见，他们中很多人的名字我也记不住。其中冯文、虎倩、杨苏康、朱文军、唐丹、周晓玲、杨润华、李婷、贺晓、张梅、张艳、张艳琴等白衣天使，在我心中都留下了深刻印象。忘不了他们穿着笨重的防护服带领我们做肺呼吸操和洗手操，忘不了他们给我的鼓励。

感谢各地来的医护人员，他们在春节期间离开故乡和亲人，舍小家为大家，赴汤蹈火来到一线，让我们得到有效的治疗，增强了我们战胜病魔的信心。

我还要感谢我们的党和国家，是党和国家把他们召唤到我们身边。这次住院我们都得到免费治疗、吃住，这得益于我们国家的强大，得益于党和国家对我们的关心和爱护。最后祝愿白衣天使们身体健康，一生平安，早日凯旋。

下面我向你们献上一首歌，是一首老曲新词的歌：从远方来的天使志愿者，不怕苦来不怕难，一心为国又为民，生命奉献上，谢谢你对我的爱，今生今世我难忘怀，谢谢你给我的温柔，陪我渡过疫情难关。

史传娥

亲爱的白衣天使们：

你们好！我是一名六岁女孩的妈妈，在举国欢庆的春节期间，武汉暴发了一场新冠肺炎疫情，使得本该有着欢声笑语的大街小巷，只剩零星几人匆匆而过。我的公公婆婆都有感冒症状。公公去了隔离点，仅仅三天就因病情太过严重去世了，这一下让我们全家都意识到情况的严重性。于是，婆婆、老公、女儿和我都去医院做了检查。结果除了老公，我们三个都疑似感染了病毒。我是属于比较严重的，被分配到了武汉客厅方舱医院。

来到这个陌生的环境，看着这么多的感染者，我害怕极了。手足无措地站在分配的床边，呆呆地不知道该怎么办。突然，我的身边来了一位全身包裹得严严实实的护士。她告诉我，她是宁夏人，家里有个一岁的孩子，本是欢欢喜喜在家过年的，因为武汉需要支援，她毫不犹豫地就过来了。这些热情的白衣天使们，她们面带笑容跟我们聊着天，帮助我们适应环境，将我们迷茫害怕的心慢慢平复下来。她们温柔的声音，让我忘记了害怕。我是2月9日入住的，在这段时间里，无论是生活还是心理，都得到了他们每时每刻的关注。晚上，我们都睡着了，他们还坐在凳子上。他们每天六个小时都穿着不透气的防护服工作在一线。上午和晚上还会带我们唱歌、跳舞或做操，还教我们做有氧操。他们的衣服都被汗湿透了，也一样坚持到换班。每天每餐给我们把食物送到床边，满脸微笑地叮嘱我们多吃点。他们冒着被传染的危险照顾着我们，给我们鼓励。

现在我两次核酸检测是阴性了，隔壁床的病友们都说我心态好。相信要不了几天，我就可以出院了。因为有了你们的照顾，我们这里每天都有不少人出院。我想，等疫情过后，春暖花开，希望你们带着家人朋友来我们这边玩。这个春节你们没能回家，而是在这里照顾着我们，帮我们渡过难关。隔离病毒，但不隔离爱，请你们也保重身体！我说不出华丽的语言，但我要把心底最深的感谢送给你们。感谢宁夏医科大学总院郭海东，盐池县人民医院魏艳琴、张攀、张梅、侯娜、刘彩霞、刘玉雯、张静华、曹雪燕、张艳琴、唐丹、路霞。

感谢人董静

2020年2月21日

护士姐姐们：

你们好！

我是方舱医院里面的一位患者，在医院里已经住了20天。每天都有看到你们来来回回地在“舱”里走6个小时，真想说一句，谢谢你们，护士姐姐。

武汉是新冠肺炎疫情最严重的地区，这里患者很多，这些姐姐们却不畏不惧，穿上防护服走到我们这些病人身边，真的很了不起。这一次疫情，使我体会到什么是人间大爱。在这次疫情发生后，我们一家三口受到了病毒的感染，当我们正无助时，你们来了，我的爸爸住进了重症监护室，妈妈也住进了方舱医院，是你们给我们进行救治，让我们痊愈。

我住在武汉客厅方舱医院里，我最想感谢的是李文娟护士，她帮助了我很多，一直在安慰我，也给了我很多生活用品。在我最沮丧的时候，她在我旁边疏导我，又委托其他班次的护士关心我。还有上海东方医院的孙医生，我只跟他说过一次我的情况，他却一直都记着，把我的病情放在心上，时不时来看我的病况，给我打气。还有一位上海“澎湃新闻”的李记者，正当我找不到父亲，整天揪心的时候遇见了他，我拜托他帮忙打听我父亲的消息，他出院后当晚就帮我联系了我父亲所住医院的护士，并隔三岔五帮我打听消息，告诉我父亲的情况。住进医院后，我想感谢的人很多，大多数人我不知道他们的名字，也没有见过他们的容貌。方舱医院的每一个医护人员我都想感谢，他们不仅治好了我的病，还影响了我的人生，让我感觉共产党好、中国好，也为我的国家感到自豪。

我会积极配合，争取早点出院。也希望一线的战士们一定要保护好自己，一个不少地回家。真的不知道该用什么样的语言去表达我的感谢。由衷地感谢你们给了我和家人第二次生命，我们会更加珍惜之后的时光。

程杏玉

2020年3月2日

（虎倩整理、收集）

别离之际，宁夏医疗队队员想对武汉同行们说……

3月25日，宁夏第五批、第六批援助湖北医疗队的323名队员启程返回宁夏。告别战斗了30多天的武汉市中心医院，临别之际，他们还有很多话要对依然战斗在武汉的同行们说，其中之一是宁夏第五批援助湖北医疗队联络员王元欣。

致宁夏第五批援湖北医疗队

医疗队即将凯旋了，

队员们虽离开战地，但留下了无畏的精神和永恒的情谊。

我们永远记得：

这里有和蔼可亲的“王妈妈，马爸爸”；

这里有主动请缨奔赴战场的斗士；

这里有年近半百火线入党的主任医师；

这里有“李一针”；

这里有数不尽的英雄们，

用实际行动为“只争朝夕，不负韶华”做了最完美的诠释。

这是一种爱。

千里驰援，大爱无疆。

给千万病患带来希望，

给江城带来力量，

为中国书写了爱的篇章！

这是一种情。

发自内心，情满乾坤。

情系祖国，情系人民，

用“最美的身影”传递了无言的深情。

这一切，又是那么自然，宛如一阵春风拂过。

这是一种缘。

一场疫情，将宁鄂联系在一起。

宁夏的质朴，湖北的热情，

两者融合得恰到好处。

来年江城春暖花开，我们不见不散！

爱你们的小王老师

2020年3月25日

英雄的人民，家的温暖

东航武汉公司各级领导及所有员工：

你们好！我是宁夏第六批援鄂医疗队固原市人民医院分队队员，我们响应“一方有难，八方支援”的号召来到了这里。从全国各地聚集了四万多名医务人员，安排食宿是个大问题，为此贵公司特意把员工宿舍腾出来供我们使用，而你们自己搬到了条件差的办公楼上居住，我们非常感谢。你们还暖心地为我们免费提供日用生活品，时时给我们捐赠食物、饮料和水果。我们入住两天后，又有云南医疗队也入住了。你们为我们两个医疗队三百多人提供食宿、打扫清洁及负责电梯、大厅等公共区域的消杀工作。为避免交叉感染，给我们两个医疗队分别开通了两侧进出通道和两侧电梯分开使用，在电梯间及电梯口放置抽纸按电梯按键以防止病毒传播，并在一楼开启免费爱心超市为我们提供日常用品，打造安全舒适的住宿空间。这些都让我们感受到无微不至的关怀和家的温暖，为我们的工作提供了坚强后盾。每天的生活垃圾堆成了山，你们的辛勤付出我们都记在心里，你们在平凡的岗位上做着不平凡的事。

在这场疫情斗争中，正是有了英雄的武汉人民的牺牲和奉献，有了武汉人民的坚持和努力，才有了疫情的快速控制。武汉人民用实际行动，展现了磅礴的中国力量，彰显了中华民族同舟共济、守望相助的家国情怀。武汉不愧为英雄的城市，武汉人民不愧为英雄的人民。我定会珍惜与你们共度的难忘的美好时光。

宁鄂情水乳交融，宁夏援鄂医疗队员用爱融化病魔的冰冷无情，用爱抚慰武汉人民受伤的心灵，英雄的武汉人民定会早日走出阴霾，用美丽的笑容迎接灿烂的阳光！

宁夏固原援助湖北医护人员

2020年3月25日

致老河口的感谢信

人间三月天，春华已开颜。在这个美好的季节，我们一起迎来了胜利的曙光。一起度过的日日夜夜、一起奋战的分分秒秒还历历在目，即将踏上归程之际，我们在此真诚感谢老河口人民和并肩战斗的战友们。

感谢关心、关爱我们的老河口各级领导。我们到达后，你们在生活、居住等各方面替我们想得非常周到，安排得非常细致。老河口市委的领导同志百忙之中抽身前来慰问，市卫生健康局和第一医院的领导同志全方位关心我们的生活情况，志愿者们也纷纷送来了生活物资，让我们虽然远离家乡，却也感受到家人一般的关爱，令我们心无旁骛，全力以赴投入到抗击新冠肺炎的一线救援中，给了我们前行的勇气和力量。

感谢坚忍顽强的老河口医务工作者，新冠病毒来势迅猛，发展迅速。我们来之前，你们已是连轴转数日，加上当时各方面条件还不完善，可以想象，你们受了多少累，吃了多少苦。但你们一直坚守在这里，这种精神是我们学习的榜样。这五十二天来，我们风雨同舟，并肩战斗，组成“银河护卫队”，心往一处“襄”，“宁”成一股绳，一起走过的日子虽然短暂，但早已结下了深厚的战友情。这一双双明亮的眼睛，一个个熟悉的身影，我们永远记在心里。

我们在老河口这片热土上，收获了满满的感动。三八妇女节那天，老河口市委书记张学林及市长王燮耀慰问医疗队女队员。3月13日，宁夏医疗队和老河口第一医院的医护人员共同种下友谊树。3月15日，市委副书记王岩带领书法家协会的书法家们赠给宁夏医疗队书法作品：“翰墨表敬意，共抒抗疫情。”3月18日，老河口市委办和第一医院的领导在春暖花开之时，带着医疗队拥抱春天，让我们领略到河口的历史文化和美丽春天，这些点点滴滴，宁夏医疗队全体队员铭刻心中。

最后，真诚地向老河口市委各位领导问好，向仍坚守在一线救援的老河口第一医院的战友们问好，祝愿大家身体健康，万事如意。春和景明，万物向荣。花开疫散，老河口的春天格外美丽，待到山河无恙，人间皆安时，欢迎你们来塞上江南宁夏做客，共叙宁夏、河口情谊！

宁夏援助湖北医疗队老河口分队全体队员

2020年3月19日

襄阳市中医医院（市中医药研究所）感谢信

宁夏援助襄阳市中医医院医疗队：

新年初始之际，亦是疫情肆虐之时，然“我本白衣战士，何曾惧瘟神”？新冠肺炎疫情形势固然严峻，但我们全体医务人员依然逆行，以舍我其谁的大无畏英雄气概坚守岗位，甘于奉献，誓与病魔作斗争，不达胜利不罢休。

非常之时必有非常之人，非常之事见证非常之情。在襄阳市中医医院疫情防治工作的关键时期，宁夏援助襄阳市中医医院医疗队，千里急行来支援。凛冽的寒风中，援襄医疗队高高飘扬的旗帜犹如春风十里，暖人心扉。

在这场没有硝烟的战争里，你们怀揣着“救死扶伤，医者仁心”的奉献精神与襄阳市中医医院医护人员并肩作战，全力以赴投入到抗疫一线，充分彰显了同为医务工作者的无私大爱。你们的到来，为襄阳市中医医院医护提供了新鲜的血液，提高了襄阳市中医医院防治工作的力量，增强了襄阳市中医医院抗击疫情的信心。在此，襄阳市中医医院全体员工向宁夏援襄医疗队致以衷心的感谢和诚挚的谢意！

一往无前虎山行，拨开云雾见光明。我们坚信，只要我们齐心协力，众志成城，充分发挥中医药特色优势，就一定能够战胜病魔，夺取疫情防控阻击战的最后胜利！

襄阳市中医医院（襄阳市中医药研究所）

2020年2月23日

中共航空工业襄阳医院委员会
致宁夏固原市人民医院感谢信

宁夏固原市人民医院：

值此新春佳节之际，我们首先向贵院致以亲切的问候和新春祝福！

我们是航空工业襄阳（364）医院，坐落在美丽的湖北襄阳。现由中国通用技术（集团）控股有限责任公司、中国航空工业集团有限公司共同管属。在新型冠状肺炎肆虐之际，我院盛丰路院区被襄阳市确定为收治新型冠状病毒感染的疑似患者独立院区之一。这是我们的使命，更是我们的光荣！

在医疗资源，特别是人力资源极其宝贵的情况下，贵院以大无畏的精神派出了医疗救援队千里迢迢来到我院，共同抗击这场气势汹汹的疫情。前来救援的医护人员，他们在家中是父亲、母亲，也是父母捧在手心里呵护的孩子。他们抛开一切身份，只为心中神圣职责，舍小家为大家，不畏艰险，充分发扬救死扶伤的革命人道主义精神，义无反顾走向疫情战场。他们来到我院以后，即和我院的医护人员一起投入紧张的抗击疫情战役之中。

疫情肆虐，湖北之殇、襄阳之殇。疫情无情，人间有爱！

一方有难，八方支援！你我携手，众志成城！

感恩、感谢、感动！在抗击疫情的路上，你们的援助，是我们不畏艰险、勇往直前的底气和动力，我们定当全力以赴、不负众望，坚决打赢这场全民战争！

在此，我们对贵院的援助表示我们最深深的感动和最诚挚的谢意！也遥祝贵院医疗事业蒸蒸日上，前景辉煌！

此致

敬礼！

中共航空工业襄阳医院委员会

2020年2月1日

致宁夏医科大学总医院援助湖北医疗队全体队员的慰问信

宁夏医科大学总医院援助湖北医疗队全体队员：

你们辛苦了！

突如其来的新冠肺炎疫情，对人民群众生命安全和身体健康造成了严重威胁。疫情就是命令，防控就是责任！为夺取抗击疫情的全面胜利，习近平总书记向全党和全国人民发出了战斗动员令。在全国人民欢度新春佳节之际，你们积极响应总书记的号召，组建了3批援助湖北医疗队，临危受命，义无反顾地奔赴抗击疫情的最前线。你们是全区人民心目中最美的“逆行者”，是宁夏医疗卫生行业、全校师生、医护人员的楷模！为此，学校党委向你们致以诚挚的问候和崇高的敬意！并向默默支持你们的家人、同事和亲友们表示衷心的感谢！

苟利国家生死以，岂因祸福避趋之。以你们为代表的总医院医护人员，无论是抗击“非典”、抗震救灾，还是新冠肺炎疫情阻击战，每一次都以“健康所系，性命相托”的坚定初心和大爱无疆、舍己救人的医者仁心，全力投身到救死扶伤的最前线。

在重大疫情面前，你们总是主动请缨积极参战，体现出很高的政治站位和大局意识，诠释着新时代宁医人舍我其谁的担当精神，是激励全校师生、医护人员奋发有为的时代标兵。

当前，疫情防控形势依然十分严峻。希望你们保持高度警惕，切实做好自身安全防护，克服困难、坚守岗位、尽职尽责，服从湖北省和所在医院的统一安排，始终保持战斗状态，不获全胜决不收兵。特别是医疗队临时党支部和党员干部，要充分发挥战斗堡垒作用、模范带头作用，进一步增强“四个意识”，坚定“四个自信”，做到“两个维护”，在这场没有硝烟的战斗中当先锋、做表率，向全国和全区人民展示宁夏医护人员的风采和荣光。请大家放心，你们从来不是一个人在战斗，宁夏医科大学总医院全体师生、医护人员是你们坚强的后盾。学校党委和总医院党委将竭尽全力做好后勤保障工作，关心照顾好你们的家人，全力帮助你们解决后顾之忧。

疾风知劲草，大难显担当。我们相信，有党中央的坚强领导、有全国人民的万众一心，只要我们坚定信心、同舟共济、科学防治、精准施策，就一定能取得疫情防控的最后胜利！

祝全体队员身体健康、工作顺利、平安凯旋！

中共宁夏医科大学委员会

2020年2月13日

致宁夏抗击新型冠状病毒感染肺炎疫情一线医护人员家属的慰问信

全区新型冠状病毒感染肺炎疫情防控一线医护人员的家属们：

你们好！

一元复始，四序初开。时值新春佳节，在本该阖家团圆、欢度佳节之际，广大医务工作者坚守岗位、迎难而上，奋战在疫情防控的最前沿，展现了“敬佑生命、救死扶伤、甘于奉献、大爱无疆”的职业精神，筑起了防疫治病的铜墙铁壁，用精湛的医疗技术与严谨的工作精神，谱写了人民群众身体健康和生命安全忠诚卫士的时代赞歌。

广大医护人员心无旁骛奋战在一线，离不开家属的理解、支持、帮助和关爱，你们的一个电话、一条短信微信、一句“家人安好、请勿挂念”的安慰，解除了一线医护人员的后顾之忧，增添了他们工作的信心和动力，彰显了“既爱小家，也爱大家”的大情怀，弘扬了“既爱亲人，也爱人民”的主旋律，抗击疫情的军功章有你们的一半！我们向广大医护人员的家属们表示崇高的敬意和诚挚的感谢！

目前，防控疫情的阻击战已至紧要关头，党中央、国务院精准部署，宁夏回族自治区党委、政府迅速响应，社会各界全员参与，打响了一场“众志成城、万众一心，团结互助、和衷共济”抗击疫情的人民战争。我们坚信，有党中央的坚强领导，有宁夏回族自治区党委和政府的有力举措，有广大医护人员的使命担当，有家属们的鼎力支持，我们就一定会打赢这场疫情防控阻击战。

历史和人民将铭记广大医护人员的贡献，也将铭记家属们的奉献。

中共宁夏回族自治区委员会组织部

宁夏回族自治区人才工作领导小组办公室

2020年2月2日

国家卫生健康委疾控局发函感谢

近日，宁夏医科大学总医院收到国家卫生健康委疾控局发来的感谢信，对我院抗击疫情工作作出的积极贡献给予了充分肯定，对我院心理卫生中心石鸿蓝同志的工作表示感谢。

感谢信

宁夏医科大学总医院：

新冠肺炎疫情发生以来，你单位认真贯彻落实习近平总书记重要指示批示精神和党中央决策部署，按照全国疫情防控一盘棋的总要求和国家卫生健康委的统一调度，在本省疫情防控任务十分艰巨的情况下，积极响应号召，选派精兵强将，精心筹备防疫物资，迅速集结疫情防控第一线。面对严峻复杂的疫情防控形势，你单位援鄂队员与地方同志紧紧团结和战斗在一起，组成了疫情研判专家组、社区防控小分队、流调队、检测队、消杀队、安抚队，圆满完成了各项工作任务，起到了预警机、侦察兵、战斗队和参谋部的重要作用，为打赢疫情防控的人民战争、总体战、阻击战作出了重要贡献。援鄂队员充分展现了新时代疾病预防控制和公共卫生工作者的精神风貌、意志品质、技术水平和应急能力，得到了中央指导组、地方政府和广大群众的充分肯定。在此，国家卫生健康委疾控局对你单位给予的大力支持和积极配合表示衷心的感谢和诚挚的敬意！

国家卫生健康委疾控局

2020年4月8日

感谢信

石鸿蓝同志：

新冠肺炎疫情发生以来，全国疾病预防控制和公共卫生人员坚决贯彻习近平总书记重要指示批示精神和党中央决策部署，在中央指导组的统一指挥下，在国家卫生健康委的科学调度下，以维护人民群众生命安全和身体健康为最高使命，发扬勇敢向前的大无畏精神，以疫情为号令，临危不惧，义无反顾地从全国各地奔赴疫情防控第一线。

面对严峻复杂的疫情防控形势，您秉持强烈的政治责任感和使命感，充分发挥专业特长，与地方同志紧紧团结在一起，战斗在一起，充分展现了新时代疾病预防控制和公共卫生工作者的精神风貌、意志品质、技术水平和应急能力，经受住了抗击疫情斗争的大考。

您勤勉敬业、敢于担当，不计个人得失，充分发扬了“敬佑生命、救死扶伤、甘于奉献、大爱无疆”的职业精神和特别能吃苦、特别能战斗的奋斗精神，和死神赛跑，与病毒抗争，为生命接力，切实发挥中流砥柱作用，为打赢疫情防控的人民战争、总体战、阻击战作出了重要贡献。

在此，国家卫生健康委疾控局向您表示最衷心的感谢与最诚挚的慰问！并向您的家人表示最崇高的敬意！

国家卫生健康委疾控局

2020年4月8日

致援武汉医疗队全体队员的感谢信

敬爱的援武汉医疗队全体队员：

你们好！

新冠肺炎疫情突如其来，武汉疫情牵动着全国人民的心，武汉成为疫情防控斗争的重中之重和决胜之地。在以习近平同志为核心的党中央坚强领导下，人民解放军鼎力相助、火线驰援。两个多月来，你们毅然告别家人，白衣执甲、逆行出征，日夜奋战在看不见硝烟的战场上，同时间赛跑，与病魔较量，涌现出一大批可歌可泣的先进典型和感人事迹，为打赢武汉保卫战发挥了中坚力量的作用，展现了医者仁心的崇高精神，展现了新时代医务工作者的良好形象，感动了武汉，感动了中国，感动了世界！在此，中共武汉市委、武汉市人民政府和1000多万武汉市民，向你们致以最崇高的敬意和最诚挚的感谢！

患难相扶，生死与共。在这几十天里，你们与武汉人民心手相连、生死相依，从死神手中抢回了一条条生命、拯救了一个个家庭。忘不了你们从祖国四面八方驰援武汉时，口中喊出的“武汉加油！中国加油！”忘不了你们穿着防护装备走进病房，握着患者的手说“别怕，有我们在！”忘不了你们脸上被防护面屏勒出的一道道印痕；更忘不了你们摘掉口罩后露出美丽迷人的笑容！“没有生而英勇，只是选择无畏”，感谢你们在武汉人民遭遇疫情的困难时刻，迎难而上、冲锋在前，以命搏命，舍命相助，用大爱温暖了整座城！因为你们的到来，武汉更多患者得到了及时有效的救治；因为你们的到来，武汉才这么快地迎来了疫情防控斗争的胜利曙光；因为你们的到来，武汉才有了今天的稳定和安宁。你们是最大的功臣！是新时代最可爱的人！武汉人民永远铭记你们的恩情！

春回大地，万物复苏，武汉正孕育着无限希望！武汉是一座英雄的城市，也是一座美丽的城市，这里有奔腾不息的浩浩长江、烟波浩渺的大美东湖、驰名中外的黄鹤名楼、令人流连的武大樱花……欢迎恩人们、亲人们闲暇时间再回武汉，登黄鹤楼、游长江、赏樱花、品佳肴，感受荆楚风情，接受武汉礼遇。

武汉人民永远感谢您！武汉人民永远欢迎您！

衷心祝愿大家身体安康、幸福平安！

中共武汉市委武汉市人民政府

2020年3月31日

深厚情谊如滚滚长江，滔滔不绝
——湖北省委省政府致兄弟省区市的感谢信

《湖北日报》2020年4月26日

新冠肺炎疫情发生以来，湖北、武汉牵动着全国人民的心。习近平总书记亲自指挥、亲自部署打赢疫情防控的人民战争、总体战、阻击战，各兄弟省区市坚决贯彻落实党中央、国务院决策部署，全力支援湖北抗疫。经过艰苦卓绝的战斗，武汉主战场疫情传播基本阻断，湖北保卫战、武汉保卫战取得阶段性重要成果，经济社会秩序正加快恢复。

一方有难，八方支援。在我省疫情防控最吃紧的关键时刻，各兄弟省区市闻令而动，火速选派医务精英驰援湖北，紧急捐赠资金物资，对口支援我省各市州疫情防控，为打赢疫情防控阻击战作出重要贡献。全国各地的无私援助，不仅给遭遇疫情磨难的湖北人民物质上的重要支持，也是对战胜疫情的巨大精神激励，充分体现了各兄弟省区市党委政府的政治担当和各地人民的大爱仁心，充分彰显了我国国家制度和治理体系的显著优势，充分诠释了中华民族患难与共、守望相助的优良传统。危难时刻最见真情，荆楚人民深知感恩。各地人民的无疆大爱，湖北省委、省政府和6100万湖北人民由衷感谢、永远铭记！

当前，在持续打赢打好湖北保卫战、武汉保卫战的同时，我们也打响了化解疫后综合征和疫后重振的民生保卫战、经济发展战。这次疫情，短期内给湖北经济、社会发展带来阵痛，但不会影响经济稳中向好、长期向好的基本局面。湖北有决心、有信心加速疫后重振，与全国同步实现全面小康目标。

荆江情深，黄鹤绕枝。各兄弟省区市与湖北的深厚情谊，如滚滚长江，滔滔不绝。风雨洗礼后的荆楚大地，必将更加生机无限。诚挚希望与各兄弟省区市进一步加强交流合作，共同夺取疫情防控和经济社会发展“双胜利”，为中华民族伟大复兴作出更大贡献！

中共湖北省委、湖北省人民政府

2020年4月25日

国家疫情防控医疗救治组向宁夏发来感谢信

2020年4月

宁夏新闻网

4月17日，自治区卫生健康委员会收到一封来自国务院应对新冠肺炎疫情联防联控机制（医疗救治组）的感谢信，对宁夏在新冠肺炎疫情防控和医疗救治工作中取得的成绩给予充分肯定。

新冠肺炎疫情发生后，为有效解决湖北省和武汉市新冠肺炎患者医疗救治供需矛盾，实现应收尽收、应治尽治，在中央应对疫情工作领导小组统一领导、统一指挥下，国家卫生健康委员会按照习近平总书记“安全有序、统筹协调、有力有效、及时迅速”的调派要求，从全国各地抽调医护力量支援湖北医疗救治工作。宁夏举全区之力积极响应国家号召，陆续派出6批援湖北医疗队队员共计785人紧急驰援湖北，并对湖北省襄阳市开展对口支援。在援助湖北的两个多月里，6批医疗队的白衣战士们坚决服从大局，舍小家、顾大家，冲锋在前，严防疫情，敬佑生命，甘于奉献，用实际行动诠释了“生命重于泰山，疫情就是命令，防控就是责任”的重要意义。在他们与全国成千上万名援湖北医疗队员的共同努力下，湖北省和武汉市的确诊病例一天天减少，全力提高了当地的收治率、治愈率，降低了感染率、病亡率，疫情逐步得到有效控制。

对此，《感谢信》中表示：“宁夏积极响应、主动担当，在做好本区新冠肺炎疫情应对工作的同时，闻令而动，第一时间按要求高质高效组派医疗队伍；精锐尽出，坚决派出最强的医疗力量和医护团队慷慨解囊，捐赠大量当地急需医疗物资和生活物资，为保护人民群众身体健康和生命安全作出了重大贡献。”

“你区医疗队全体队员义无反顾、冲锋在前，既精于医术，又心怀大爱，坚决在防控新冠肺炎疫情的大考中修医德、行仁术，弘扬敬佑生命、救死扶伤、甘于奉献、大爱无疆的崇高精神，用实际行动展现了新时代医务工作者的良好形象和爱国情怀。”

“在此，谨对你区及国家医疗队全体队员的勇敢逆行和无私奉献表示衷心感谢！希望你区认真落实习近平总书记重要指示精神，慎终如始，善作善成，一方面继续做实做细做好新冠肺炎疫情防控工作；另一方面统筹兼顾日常医疗服务保障，全方位满足人民群众基本就医需求。希望全体医务人员不忘初心，牢记使命，继续在救死扶伤的岗位上拼搏奋战，为人民群众身心健康保驾护航。”

宁夏日报记者　尚陵彬

附　录

请愿书

请愿书（一）
中卫市人民医院15名医护人员继续战斗请愿书

转眼我们到湖北二十余天，到了该轮换的时候，可是疫情还没有得到控制，当地的医务人员还在一线辛苦工作着，没有休息。二十余天的工作生活，得到了当地政府及医院各级领导、各位同事无微不至的照顾和关心，与大家建立起了亲密感情，此时怎忍心离开还在战斗中的他们而去。

宁夏援助湖北医疗队中卫市医院临时党支部发出倡议，一小时之内，15名队员积极写下请战书，签字按手印，坚决表示了留下的决心。

疫情不去，坚决不走，与湖北当地医务人员同舟共济，患难与共，为取得这次疫情阻击战胜利而努力工作，向党和人民交一份满意答卷。宁夏援湖北医疗队中卫市人民医院临时党支部书记刘中华带领（南漳县北区组、南漳县城关镇组、南漳县医院组、谷城县组）所有人员请战，望组织批准！

2020年2月15日

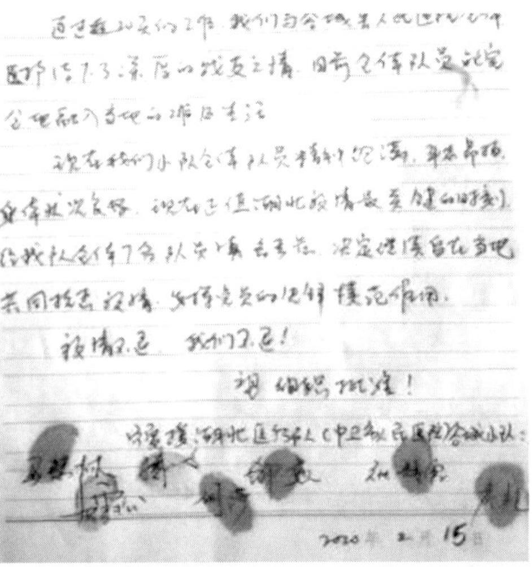

通过这20天的工作，我们与谷城县人民医院的医护结下了深厚的战友之情，目前全体队员已完全融入当地的工作生活。

现在我们小队全体队员精神饱满，身体良好，工作状况良好。现在正值湖北疫情最关键的时刻，经我队全体7名队员集体商议，决定继续留在当地共同抗击疫情，发挥党员的先锋模范作用。

疫情不退，我们不退！

望组织批准！

宁夏援湖北医疗队（中卫市人民医院）谷城小队：

2020年2月15日

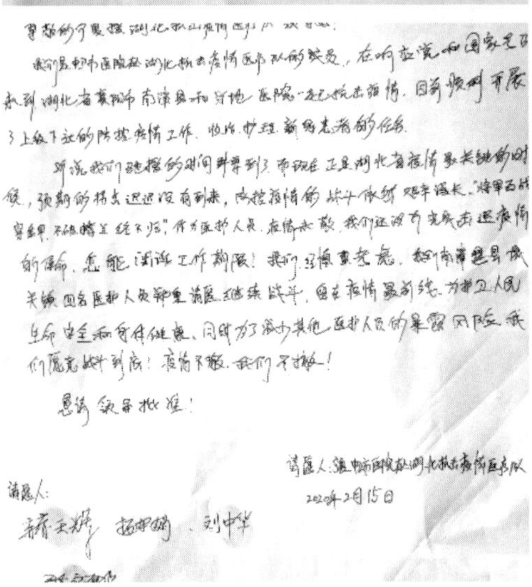

尊敬的宁夏援湖北抗击疫情医疗队领导：

我们是中卫市医院赴湖北抗击疫情医疗队的队员，在响应党和国家号召来到湖北省襄阳市南漳县和当地医院一起抗击疫情，目前顺利开展了上级下达的防控疫情工作，救治、护理新冠患者的任务。

听说我们支援的时间就要到了，而现在正是湖北省疫情最关键的时候，预期的拐点迟迟没有到来，防控疫情的战斗依然艰辛漫长。"将军百战穿金甲，不破楼兰终不还"，作为医护人员，疫情未散，我们还没有完成击退疫情的使命，怎能离开工作岗位！我们经慎重考虑，我们南漳县城关镇四名医护人员郑重请愿，继续战斗，留在疫情最前线，为护卫人民生命安全和身体健康，同时为了减少其他医护人员的暴露风险，我们愿意战斗到底！疫情不散，我们不撤！

恳请领导批准！

请愿人：中卫市医院赴湖北抗击疫情医疗队

2020年2月15日

请愿人：

蒋玉辉、杨卿娟、刘中华

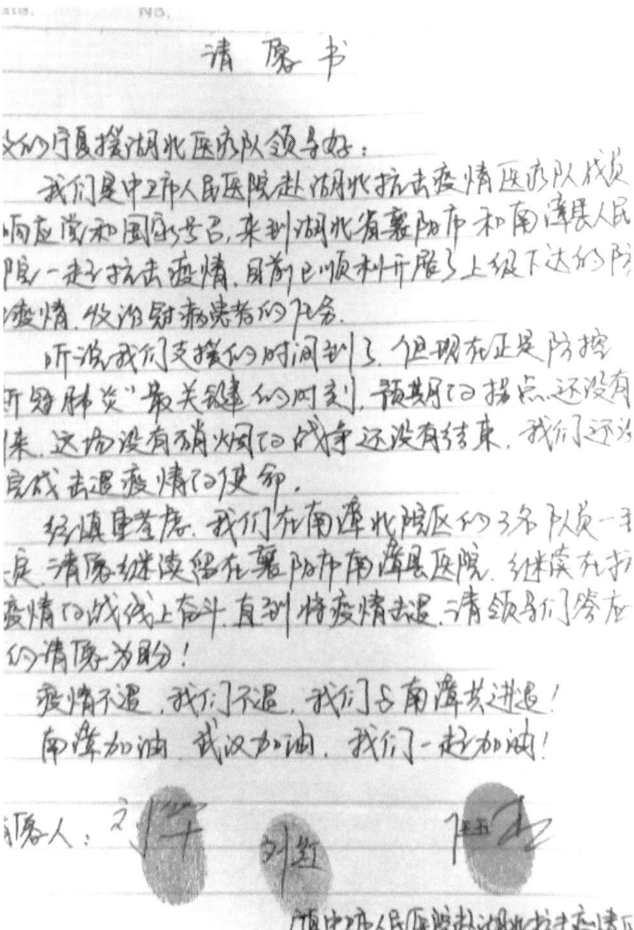

请愿书

尊敬的宁夏援湖北医疗队领导好：

我们是中卫市人民医院赴湖北抗击疫情医疗队队员，响应党和国家号召，来到湖北省襄阳市和南漳县人民医院一起抗击疫情，目前已顺利开展了上级下达的防控疫情、救治新病患者的任务。

听说我们支援的时间到了，但现在正是防控新冠肺炎"最关键的时刻，预期的拐点还没有到来，这场没有硝烟的战争还没有结束，我们还没有完成击退疫情的使命。

经慎重考虑，我们在南漳北院区的3名队员一致决定，请愿继续留在襄阳市南漳县医院，继续在抗击疫情的战线上奋斗，直到将疫情击退，请领导们答应我们的请愿为盼！

疫情不退，我们不退，我们与南漳共进退！

南漳加油，武汉加油，我们一起加油！

请愿人：刘䶮 刘超

宁夏中卫市人民医院赴湖北抗击疫情医

请愿书（二）

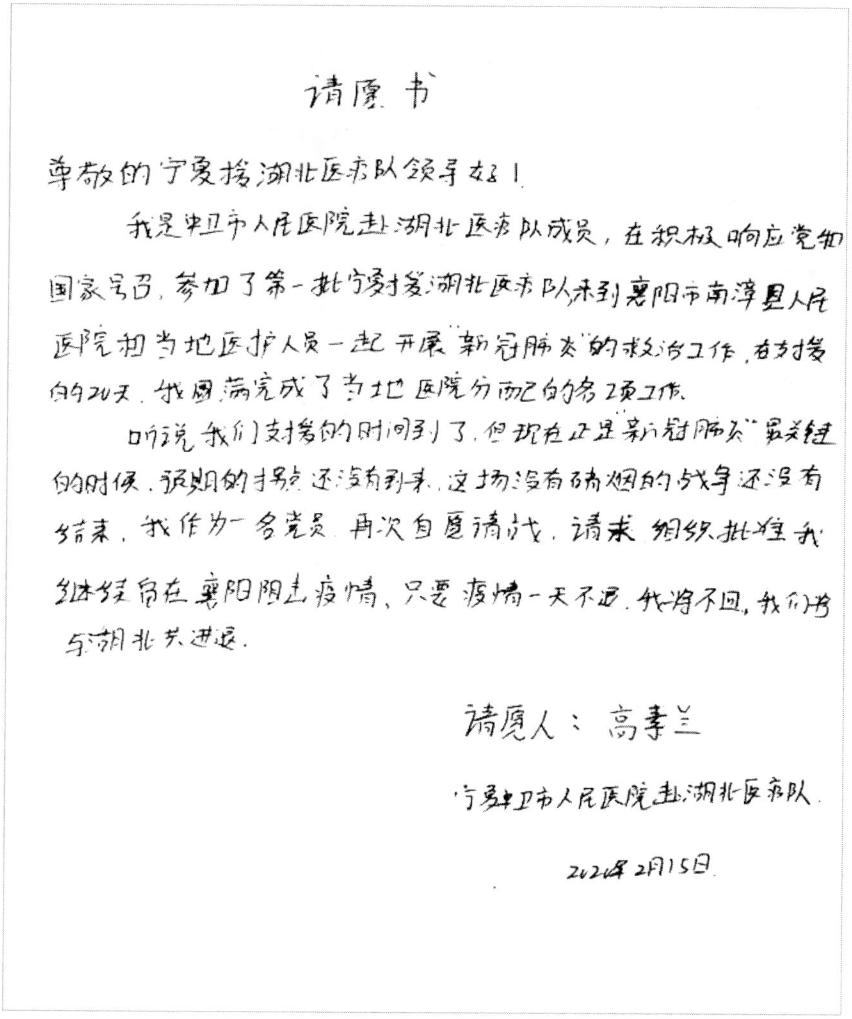

请愿书

尊敬的宁夏援湖北医疗队领导好！

我是中卫市人民医院赴湖北医疗队成员，在积极响应党和国家号召，参加了第一批宁夏援湖北医疗队来到襄阳市南漳县人民医院和当地医护人员一起开展"新冠肺炎"的救治工作，在支援的20天，我圆满完成了当地医院分配的各项工作。

听说我们支援的时间到了，但现在正是"新冠肺炎"最关键的时候，预期的拐点还没有到来，这场没有硝烟的战争还没有结束，我作为一名党员，再次自愿请战，请求组织批准我继续留在襄阳阻击疫情，只要疫情一天不退，我将不回，我们将与湖北共进退。

请愿人：高素兰

宁夏中卫市人民医院赴湖北医疗队

2020年2月15日

请愿书（三）

11:57
微信(59)
拓守娟
晚上11:56
普5拓守娟愿意留下来与大家共进退，全力以...
朱丽娟
晚上11:40
我愿意继续战斗，坚持到底。同时我有信心、...
姚雪松
晚上11:36
我自愿继续留在湖北参与疫情防疫第一线。
赫天辉
晚上11:35
我愿意留下来，坚持到最后
刘华
晚上11:34
经过认真考虑，我愿意留下来继续参加工作，...
詹艳
晚上11:22
会继续留在这里，努力工作。不怕苦。
任玉杰
晚上11:17
经过认真考虑，我愿意留下来继续参加工作。
马慧林
晚上11:14
我自愿继续留在湖北新型冠状病毒防控一线，...
张静霞中卫市医院
晚上11:14
刘主任，我现在一切很好，自愿继续留下来参...
59
微信
通讯录
发现
我

11:58
微信(59)
廉鹏
晚上11:14
刘队长好，本人目前精神状态好，每天工作可...
高素兰
晚上11:13
我自愿留下继续支援襄阳 高素兰
茜茜
晚上11:13
作为一名 医护人员，我自愿留下来继续抗击...
刘红
晚上11:11
愿意继续支援！
何莎
晚上11:07
自愿留下继续支援
张文娜
晚上11:05
张文娜愿意留下，继续援襄，请组织批准
第一批援鄂医疗队
晚上11:03
不做硬强求！！！！
医院&中层领导干部群
晚上11:03
王庆春：@病理科主任王如娟
中卫市武汉支援护理队
晚上10:52
中宁县中医院冯文：[链接] 凝聚青春力量，闪...
59
微信
通讯录
发现
我